Zu diesem Buch

Paul William Gallico wurde am 26. Juli 1897 in New York als Sohn eines Einwanderers aus Triest geboren. Sein Vater war Pianist, die Mutter Geigerin. Der junge Paul bereiste mit seinen Eltern Europa und ging in New York zur Schule. Um über Sport authentisch schreiben zu können, übte er fast ein Dutzend Sportarten aus und wurde schließlich der populärste und höchstbezahlte Sportberichterstatter Amerikas. Seine ersten Bücher waren Sammlungen von Sportreportagen: «Farewell to Sport» (1938) und «Golf Is a Friendly Game» (1942). Seit 1939 lebte er als freier Schriftsteller in England. Seine «Mrs. Harris»-Romane wurden bei uns auch als Fernsehfilme (mit Inge Meysel) ein großer Erfolg. Paul Gallico, der überdies als Bühnenautor hervortrat, starb am 15. Juli 1976 in Monte Carlo.

Als rororo-Taschenbücher liegen außerdem vor: «Meine Freundin Jennie» (Nr. 499), «Ein Kleid von Dior» (Nr. 640), «Der geschmuggelte Henry» (Nr. 703), «Thomasina oder Die rote Lori» (Nr. 750), «Ferien mit Patricia» (Nr. 796), «Die Affen von Gibraltar» (Nr. 883), «Immer diese Gespenster!» (Nr. 897), «Waren Sie auch bei der Krönung?» (Nr. 1097), «Jahrmarkt der Unsterblichkeit» (Nr. 1364), «Freund mit Rolls-Royce» (Nr. 1387) und «Mrs. Harris fliegt nach Moskau» (Nr. 4239).

Paul Gallico

Die silbernen Schwäne

Geschichten von der Liebe

Aus dem Englischen
von Jutta und Theodor Knust

rororo

Rowohlt

Die Erzählungen wurden dem 1966
bei Penguin Books, London, erschienenen Band
«Confessions of a Story Teller» entnommen.
Umschlagillustration Eva-Maria Wallas

44.–56. Tausend Dezember 1991

Veröffentlicht im Rowohlt Taschenbuch Verlag GmbH,
Reinbek bei Hamburg, Februar 1975

Satz Baskerville (Berthold Syntax)
Dörlemann-Satz, Lemförde
Gesamtherstellung Clausen & Bosse, Leck
Printed in Germany
680-ISBN-3 499 13040 8

Inhalt

Überschwemmung

Niemand sollte je erfahren, was Perry Brown zugestoßen war, als er mit dem Auftrag, über die Überschwemmung zu berichten, durch Ohio, Kentucky und Tennessee fuhr. Eines Nachts kam er in die Redaktion des *Blade,* um seine Post zu holen, und sprach kaum ein Wort.

Er war fünfzehn Tage fort gewesen und hatte genau vier Artikel geschickt; darunter einen guten aus Cincinnati über das Feuer, von dem das Geschäftsviertel zerstört worden war, und zwei aus Louisville, bevor der gesamte Fernmeldebetrieb infolge der Überschwemmung zusammenbrach. Und eines Abends hatte ein Funkamateur aus Winesville in Kentucky vergeblich versucht, dem Kurzwellenempfänger des *Blade* eine Geschichte durchzugeben, von der er behauptete, sie stamme von einem gewissen Perry Brown. Doch atmosphärische Störungen und andere Geräusche verhinderten die Aufnahme. Der Amateur stellte seine Versuche plötzlich ein, und die Verbindung ließ sich auch später nicht wiederaufnehmen.

Sieben oder acht Tage vergingen, in denen die Redaktion überhaupt nichts von Brown hörte, so daß man sich allmählich Sorgen um ihn machte. Doch dann kam aus Memphis eine Geldanforderung von Perry, obwohl er keinen Artikel geschickt hatte. Und kurz darauf erschien er selber.

Reyborn, der Chefredakteur des *Blade,* fragte Perry Brown aus Neugier und durchaus freundschaftlich, was er denn angestellt habe und ob es denn nichts zu berichten gäbe. Perry blickte von den Briefumschlägen auf, die er gerade der Reihe nach musterte. Er sah blaß und auf einmal viel älter aus. Er war ein großer, kräftiger Mann, doch er war dünner geworden, und der Anzug paßte ihm noch weniger als sonst. Statt zu antworten, stellte er Reyborn eine Gegenfrage: «Wo ist Rusty?»

«Noch in New Milford bei dem Agathy-Prozeß», erwiderte Reyborn. «Sie hat sich Sorgen gemacht, bis wir endlich von dir aus Memphis hörten. Was ist denn passiert? Du siehst aus, als wärst du durch die Wringmaschine gedreht worden.»

«Nichts», sagte Perry schroff und schob die Briefe zusammen.

Reyborn grinste ihn an. «Unsere Überschwemmung hat dir wohl nicht gefallen, wie?» sagte er.

Perry Brown fluchte, und Reyborn sah plötzlich, daß etwas Undurchdringliches in seinen Augen war. Dann sagte Perry: «Bei Gott, ich wünschte, du hättest mir diesen Auftrag nie gegeben!» Damit stopfte er seine Post in die Manteltasche und ging aus dem Zimmer. Und das war das letzte, was man über diesen Auftrag von ihm zu hören bekam. Nach einer Woche etwa wirkte er wieder ganz normal, nur daß er, wenn Rusty McGowan im selben Raum war, nie den Blick von ihr wenden konnte.

Nachdem Perry Brown und Al Vogel, der dicke Fotograf, die Überschwemmung und den Brand in Cincinnati gesehen und eine Reportage darüber vorbereitet hatten, fuhren sie nach Louisville, wo sie getrennt wurden. Vogel hatte Schwierigkeiten, seine Bilder aus dem Überschwemmungsgebiet hinauszubekommen, und Perry wußte nicht recht, wie er aus dem Chaos von steigendem Wasser, Angst, Furcht und Gerüchten eine zusammenhängende Geschichte machen sollte. Die Behörden und die Pioniere der Armee versuchten, dem wachsenden Entsetzen und einer allgemeinen Panik entgegenzuwirken. Deshalb war die Presse unwillkommen.

An dem schrecklichen Steigen des Ohios war irgend etwas Seltsames, dem sich Perry nicht gewachsen fühlte. Er hatte schon über manche Überschwemmung geschrieben und die schrecklichen, bizarren Inseln in schlammigem Wasser gesehen, die in Wirklichkeit schräge Hausdächer waren, Dächer, die gerade noch über die Wasseroberfläche hinausragten.

Doch diese Überschwemmung jetzt war von einer kalten, furchtbaren Erbarmungslosigkeit, die er nicht aufs Papier zu bringen vermochte. Seit dem Augenblick, da er hier angekommen war, tat er nichts mehr ohne Furcht. Der unaufhörlich vom dunkelgrauen Himmel herabströmende Regen trug das Seine dazu bei. Wenn er nicht bald aufhörte, war das Ende der Welt nahe. Wasser von unten, Wasser von oben – Perry hatte das Gefühl, daß die Schicht, in der er noch lebte und atmete und Zeuge von Tod und Leben war, immer enger wurde.

Alles, was man unternahm, schien wegen des Regens und des immer höher steigenden Flusses sinnlos und vergeblich. Er beobachtete, wie ganze Familien, elend, erschreckt, schaudernd und mit angstverzerrten Gesichtern, zu höher gelegenen Stellen gebracht wurden, und wußte, daß es, wenn der Regen nicht aufhörte, bald keine höher gelegenen Stellen mehr gab; daß sich das Wasser der Erde und das Wasser vom Himmel vereinigen und die Welt darin versinken würde.

Dank einem glücklichen Zufall begegnete er einem Pionieroberst, den er bei einer anderen Gelegenheit kennengelernt hatte; der Oberst erinnerte sich an ihn und nahm ihn mit in Richtung Süden. Er fuhr in seinem Militärwagen am Rand der Flut entlang, und so kam Perry tiefer in das Überschwemmungsgebiet hinein als jeder andere Journalist. Als er dann in einem gemieteten Ruderboot über die Überreste einer kleinen Stadt namens Winesville fuhr, merkte er zum erstenmal, daß ihm das Bewußtsein für jede andere Welt verlorenging, die jenseits von steigendem Wasser, Tod und Trostlosigkeit lag.

Ein Wochenschauteam, dem es ebenfalls irgendwie gelungen war, bis Winesville durchzukommen, hatte eine Leiche aufgefischt. Auf ihrer einsamen Fahrt über den Styx, ohne Fähre, im Wasser treibend, war sie den Männern unversehens vor die Kamera geraten. Sie hielten sie im Schutz der Bordwand eines ihrer Boote fest, bis sie die Linsen richtig eingestellt hatten. Es war ein alter Neger in Overall und Baumwollhemd. Das Kameraboot hatten sie an etwas festgemacht, das aussah wie eine aus dem Wasser ragende Ziegelmauer; doch in Wirklichkeit war es das zweite Stockwerk eines Bankgebäudes. Gleich um die Ecke befand sich ein Fenster mit der goldenen Aufschrift: A. A. CLAKINS, DENTIST – KRONEN, BRÜCKEN – SPRECHSTUNDE 9–15 UHR.

Zuerst erschraken die Wochenschaumänner, als sie merkten, daß Perry sie beobachtet hatte, und duckten sich in ihrem Boot. Doch dann erkannten sie ihn. Er hatte sie schon vorher einmal getroffen. Es war ein Team von der Wochenschau Imperial. Perry hob das Gesicht aus dem Kragen des Regenmantels, den er sich halb über den Kopf gezogen hatte, und rief hinüber: «Ein bißchen Leichen fleddern, was?»

Einer der Kameramänner, ein großer Bursche, dem der Regen nur so über das Gesicht strömte, rief zurück: «Wie kommen Sie denn hierher? Rudern Sie bloß weiter und sehen Sie nicht her! Wenn einer der Soldaten uns hier sieht, könnte er zu knallen anfangen. Vor einer Stunde haben sie eine Meile weiter unten einen Plünderer erschossen. Wir wollen diesen Knaben da bloß noch mal vorbeischwimmen lassen, um ihn aufzunehmen.»

«Du meine Güte», sagte Perry, «und da heißt es immer, wir Journalisten seien hartgesotten.»

«Verdammt, was soll's?» rief der Kameramann. «Ihm macht's doch nichts mehr aus. Rudern Sie endlich weiter!»

Perry legte sich in die Ruder und brachte das Boot über die frühere Hauptstraße; dann hielt er mit kurzen Schlägen die Nase des Kahns im Strom. Zwei Männer von dem Wochenschauteam, die in einem anderen Boot saßen, ruderten jetzt langsam die Hauptstraße entlang. Einer von ihnen lehnte sich seitwärts über Bord und hielt etwas im Wasser fest. Sie ruderten noch ein Stück weiter, und nach einer Weile richtete sich der Mann, der sich über Bord gebeugt hatte, auf, und ein dunkler Gegenstand trieb mit dem Strom abwärts und drehte und drehte sich mit einer seltsamen, unglücklichen Anmut. Der stämmige Kameramann in dem anderen Boot hatte das rechte Auge an den Gummirand des Suchers seiner Kamera gepreßt und machte rhythmische Kreisbewegungen, das Objektiv auf die Wasserfläche vor dem treibenden Körper gerichtet.

Und in diesem Augenblick ertappte sich Perry Brown dabei, daß er sich ernsthaft fragte, wo sie den Film, den sie da machten, wohl zeigen wollten. Wer würde ihn sich ansehen? Die Erde war vom Wasser verwüstet worden. Es war unmöglich, sich trockene Straßen vorzustellen, Kinos, vor denen Männer und Frauen nach Eintrittskarten Schlange standen, Autos, die vorüberfuhren, oder Jungen auf Fahrrädern oder Verkehrspolizisten an Straßenkreuzungen. Er blickte die wäßrige Avenue der ehemaligen Stadt hinab. Der obere Teil einer kurvenlinigen Leuchtreklame ragte über die Wasseroberfläche, und man konnte noch die aus roten und orangefarbenen Glühbirnen zusammengesetzten Buchstaben BIJOU lesen. Das U, das eben unter der gelblichen Oberfläche des Stromes lag, hatte Perry im Geiste unwillkürlich hinzugefügt, und im gleichen Augenblick schuf seine Phantasie ein fast unglaubhaftes, vergessenes Bild des Bijou-Theaters am Samstagabend: glattgekämmte junge Männer und Mädchen mit hellroten Lippen drängten sich in der Vorhalle des Kinos und wurden durch die Eingänge in den Saal gesogen, so wie jetzt das Wasser die Hauptstraße hinuntergesogen wurde.

Der dunkle, rotierende Körper trieb an seinem Boot vorbei und schwamm weiter. Die Filmleute hatten ihren Schnappschuß im Kasten und überließen ihn nun dem Wasser. Zwei Milizmänner, die Gewehre schräg über dem Rücken, riefen von ihrem Boot aus den Wochenschauleuten zu: «He, ihr da! Dreht nicht solche Sachen!»

Der stämmige Kameramann winkte zurück: «Geht in Ordnung, Kumpel!» Sie ruderten davon, doch Perry merkte, daß einer der anderen mit dem Teleobjektiv noch immer weiter Aufnahmen machte. Die beiden Milizmänner hielten Perry an und prüften seinen vom Militär ausgestellten Passierschein.

Es war inzwischen drei Uhr nachmittags. Der Regen fiel jetzt schräg, da der Wind allmählich zum Sturm auffrischte. Ein altes Motorboot tuckerte vorbei. Am Ruder saß ein Mann in einem schwarzen Regenmantel mit einem roten Kreuz am Ärmel. Mit seiner Fracht von Männern, Frauen und Kindern, die in klitschnasse Decken gehüllt waren, lag das Boot tief im Wasser. Nur die Männer und Kinder blickten nach vorn. Vier Frauen waren in dem Boot, und alle vier starrten zurück in die Richtung, aus der sie gekommen waren.

Perry ließ sich von dem Sog der schmutzigen Strömung treiben. Er hörte Schreie und steuerte sein Boot daraufhin einen Wasserweg entlang, der offensichtlich eine von der Hauptstraße abzweigende Straße gewesen war. Dort drängten sich mehrere Boote, die mit Einheimischen in hohen Gummistiefeln, Regenmänteln und Mützen beladen waren. Man war dabei, die Männer, Frauen und Kinder zu evakuieren, die in den oberen Stockwerken der Häuser in der Falle saßen. Nach den vielen Menschen zu urteilen, die in ihren Häusern von der Flut eingeschlossen waren und sich in die zweiten Stockwerke und in einigen Fällen sogar auf die Dächer geflüchtet hatten, mußte das Wasser in Winesville zuerst außerordentlich rasch gestiegen sein.

Die Schreie kamen von einem Mann, der sich ein paar Häuser weiter aus einem Fenster beugte. Das Wasser stand kaum anderthalb Meter unter der Fensterbank. Der Mann war hager, unrasiert und hatte schütteres grauschwarzes Haar; er war mit einer Hose, einem kragenlosen Hemd und einer offenen Weste bekleidet. Er hielt die Hände trichterförmig vor den Mund und brüllte: «Holt den Arzt, rasch! Einen Arzt! Könnt ihr mich hören? Sie braucht einen Arzt! Schafft einen Arzt her!»

Niemand beachtete ihn. Perry fragte einen der Männer in den Rettungsbooten, wo er einen Arzt finden könne. Der Mann zuckte die Achseln. «Keine Ahnung! Ich hab seit neun Stunden keinen mehr gesehen. Wir brauchten mindestens ein

Dutzend. Man hat sie alle zum Rathaus gerufen, aber das ist jetzt überschwemmt. Der Bursche dort schreit schon seit drei Stunden. Seine Frau kriegt ein Kind. Das Rote Kreuz will einen Doktor schicken, sobald man einen entbehren kann. Sie haben alle Hände voll zu tun.»

Perry Brown ruderte hinüber, bis unter das Fenster. Der Mann beugte sich flehend zu ihm hinunter.

«Machen Sie um Gottes willen rasch, Doktor! Es ist schon fast da. Machen Sie Ihr Boot am Fensterladen fest! Ich ziehe Sie hoch!»

Perry rief hinauf: «Ich bin kein Doktor. Die Männer dort warten auf einen vom Roten Kreuz. Ich werde versuchen, Ihnen einen zu holen.»

Der Mann verlor plötzlich die Beherrschung und stieß wilde Flüche aus; dazwischen brüllte er wieder nach einem Arzt, als könne ihm die Lautstärke bringen, was er brauchte. Panische Angst hatte ihn gepackt. Aus dem Zimmer hinter ihm hörte man das Schreien einer Frau. Perry hatte das Bedürfnis, die Riemen ins Wasser zu tauchen und davonzurudern, ununterbrochen zu rudern, bis er diese Schreie nicht mehr hörte. Er mußte an weißgekachelte Operationssäle denken, an vernickelte Tische und Instrumente, nüchterne Chirurgen in weißen Kitteln und an die Wohltat der Betäubungsmittel. Doch das war ein Traum von einem Zeitalter, das noch in weiter Ferne lag. Vorläufig befand er sich mitten in der Sintflut. So mußten Lea, Rebekka und Mirjam in ihrer Qual in den einsamen Hütten geschrien haben, als Gott zornig war und seine Wasser die Erde bedeckten.

Der Mann erschien wieder am Fenster, kalkweiß im Gesicht. In den Händen hielt er eine Schrotflinte. Er kreischte: «Zum Teufel, Doktor! Kommen Sie herein, oder ich bringe Sie um! Ich schieße Ihnen den Kopf ab! Haben Sie verstanden?

Die Flinte machte auf Perry keinen Eindruck mehr. Er hatte sich bereits entschlossen. Er machte das Tau seines Bootes am Fensterladen fest und legte die Riemen in den Kahn. Er sagte:

«Stellen Sie die Flinte weg, Sie Narr, und ziehen Sie mich rauf.»

Der Mann griff nach unten und zog den schwergewichtigen Perry wie ein Kind über die Fensterbank. In der einen Ecke des Zimmers lag eine Frau auf einem Metallbett. Ihr Gesicht war weiß und schweißnaß, der Mund verzerrt, das unordentliche Haar feucht und verklebt. Perry zog Mantel und Jacke aus. Ihm zitterten die Knie, und er glaubte, keinen Schritt tun zu können. Als junger Reporter hatte er oft genug Ärzte mit dem Krankenwagen kommen und bei Entbindungen auf Straßen, in Taxis oder in Drugstores assistieren sehen. Plötzlich sah er alle Handgriffe, die getan werden mußten, mit erstaunlicher Klarheit vor sich. Er trat an das Bett, rollte die Ärmel hoch ...

Eine Weile später kletterte noch ein Mann durch das Fenster. Er hatte eine kleine schwarze Tasche bei sich. Als er Perry sah, sagte er: «Ah, ich sehe, Herr Kollege, Sie haben es schon vor mir geschafft.»

Perry erwiderte: «Ich bin kein Arzt. Ich habe getan, was ich konnte. Übernehmen Sie um Gottes willen das Weitere. Ich muß hier raus.»

Der Arzt zuckte die Achseln, machte ein erstauntes Gesicht und sagte: «Da ist ja nicht mehr viel zu tun. Wir brauchen Sie bloß noch hier rauszubringen. Das Wasser steigt noch ... Hm, der Junge sieht gar nicht schlecht aus.»

Perry stieg aus dem Fenster und ließ sich in sein Boot fallen. Ihm war krank und elend zumute. Wenn die Welt in die Wasser zurückkehrte, aus denen sie gekommen war, nahm kein Mensch Leben und Tod mehr ernst. Er tauchte die Riemen ins Wasser, das sich unter dem kräftigen Wind unruhig kräuselte; der Regen schlug ihm ins Gesicht. Er achtete nicht darauf, in welche Richtung er fuhr. Es kümmerte ihn nicht. Er war selber der Panik nahe. Er fühlte, wie das winzige Boot unter ihm tanzte, und stellte sich vor, das seien die toten Straßen unter ihm, die kämpften, um sich aus dem Würgegriff des Wassers zu befreien. Neben ihm schwammen Stühle, Ladenschilder, Fässer, Kisten und nasse Federbüschel, die einmal Hühner gewesen waren. Der unaufhörliche starke Regen hatte die Griffe der Riemen glitschig gemacht, und als er mit dem einen Riemen an einem mit der Rückseite im Wasser treibenden Klavier entlangstreifte, von dem man nur die Elfenbeintasten sah, hätte er ihn fast verloren. Eine Schneiderpuppe hob ihren Rumpf halb aus dem Wasser, und gleich darauf kam er an einem durchweichten Kinderwagen vorbei.

Plötzlich merkte er, daß sein Boot mit ungewöhnlicher Geschwindigkeit weitertrieb, wußte jedoch nicht den Grund dafür. Er dachte, es läge daran, daß er mit verzweifelter Anstrengung ruderte, obwohl die sehr kurzen Riemen immer wieder aus den hölzernen Dollen sprangen. Zu spät entdeckte er, daß er direkt auf den Fluß zutrieb. Die Soldaten hatten ihn ausdrücklich gewarnt. Als das Boot das Flußbett erreichte, wurde es von der Strömung mitgerissen und schwamm nun hilflos zwischen dem Treibgut. Er versuchte, sich gegen die Strömung zu stemmen; dabei schlug das Boot fast um und kreiselte dann schwindelerregend in einem Strudel. Der Wind peitschte die Wasserfläche zu Wellen auf, die nicht ungefährlich waren, da man die darin treibenden Gegenstände nicht rasch genug erkennen konnte. Unter den Regenwolken, die den fahlen Himmel bedeckten, wurde es dunkel.

Perry versuchte, quer über den Fluß zu rudern, und es war ihm auch schon fast gelungen, da wurde das Boot wieder von der Strömung erfaßt und in eine Baumkrone geworfen, die gerade noch aus dem Wasser ragte. Ein Ast versetzte ihm einen mächtigen Schlag gegen den Hinterkopf, so daß er, mit dem Gesicht nach unten, der Länge nach auf den Boden des Bootes fiel. Er war fast bewußtlos. Als er sich wieder aufrichtete, blutete ihm die Nase. Das Boot drehte sich unaufhörlich in der Strömung. Beide Riemen waren fort. Noch immer regnete es. Und es war dunkel. Nur wenn hin und wieder ein Gegenstand aus dem Wasser ragte, der dunkler war als Himmel und Horizont, konnte Perry ihn halbwegs erkennen.

Er hörte nichts weiter als den Regen, den Wind und das Rauschen des Stromes unter sich und zuweilen das Geräusch seiner durchnäßten Schuhe, wenn er im Boot eine andere Stellung einnahm. Mit einer Blechkelle, die auf dem Boden lag, schöpfte er das Boot einigermaßen leer. Dann legte er sich flach hin, um nicht das Gleichgewicht zu verlieren. Er hatte das Gefühl, in der schwarzen Leere, die das Boot durchzog, nicht aufrecht sitzen zu können, ohne über Bord zu fallen.

Dann gab er sich dem seltsam sanften und wohltuenden Gefühl hin, ein verlorenes Atom zu sein, ohne jede Kraft, sich selber zu helfen oder seinen Kurs zu bestimmen. Wenn sein Boot gegen feste Gegenstände stieß oder an ihnen entlangscheuerte, überlegte er ohne sonderliches Interesse, was für Dinge das wohl sein mochten. Einmal war es irgend etwas Weiches, und gleich darauf folgte ein lautes Platschen. Während dieses Teils der Fahrt fürchtete er sich nicht, weil es nichts gab, wovor er sich hätte fürchten müssen. Perry hatte festgestellt, daß Furcht sehr häufig durch Verantwortung hervorgerufen wurde, durch Aufgaben, die man zu erfüllen hatte. In dieser Situation konnte er nichts anderes tun, als auf den Morgen zu warten. Er mußte eine Weile geschlafen haben – wie lange, ahnte er nicht, da es pechschwarze Nacht war, als er aufwachte, und die Zeiger seiner Uhr nicht mehr leuchteten. Das nächste Licht schien sich meilenweit entfernt auf einer Anhöhe zu befinden; dann sah er das Aufblinken eines fernen Flugwegfeuers.

Doch auch jetzt fürchtete er sich nicht. Er dachte weder an drohende Gefahren noch an ein Unglück, als sein Boot plötzlich irgendwo anstieß, knarrte, umschlug und versank. Obwohl sich das Unglück in Sekundenschnelle ereignete, war Perry irgendwie auf den Schock des kalten Wassers gefaßt, und es gelang ihm, den Kopf über Wasser zu halten. Und sofort nahm er den Kampf um sein Leben auf. Als er mit dem linken Arm in die Dunkelheit schlug, traf seine Hand auf festes Holz; sie tat weh und war voller Splitter. Automatisch bewegte er die Beine, um den Kopf über Wasser zu halten, drehte sich und griff vorsichtig mit der rechten Hand zu. Wieder traf er auf Holz und stellte fest, daß es gefugt war. Seine Finger suchten nach einem Halt, doch die Strömung riß ihn weiter. Dann stieß die tastende rechte Hand plötzlich ins Leere: das gefugte Holz war nicht mehr da. Im nächsten Augenblick spürte er einen harten Schlag gegen den Oberarm. Unwillkürlich krümmte er ihn. Seine Hand kam mit einer glatten Oberfläche in Berührung.

Sein Arm war um irgendeinen Vorsprung geschlungen – er konnte sich nicht vorstellen, was es war; aber das hoffnungslose Dahintreiben hatte einstweilen ein Ende.

Der Sog der Strömung riß an seinen Beinen und seinem Körper. Perry hielt sich fest. Er versuchte zu denken. Doch bei dem wütenden Zerren und Saugen an seinem Körper, dem kalten, schweren Griff des Wassers, dem peitschenden Regen und der Finsternis war es ihm fast unmöglich, seine Gedanken zu ordnen. Er war ein denkendes Tier, aber die Angriffe aus dem Dunkel waren alle physischer Natur. Schließlich sagte er laut zu sich selber: «Ich habe den Hut noch auf. Verdammt komisch.» Ein vorbeischwimmender Gegenstand traf ihn heftig an der Schulter und hätte ihn beinahe weggerissen. Und jetzt, da er nicht mehr durch das Wasser trieb, überkam ihn plötzlich heftige Furcht. Seine rechte Schulter wurde lahm, und er wußte nicht, wie lange seine Kraft noch ausreichen würde. Er brachte es fertig, die linke Hand ebenfalls bis zu dem merkwürdigen Vorsprung zu heben und so die rechte zu entlasten. Das, woran sich seine Finger klammerten, war offenbar eine schmale Holzleiste mit einer Kerbe in der Mitte, in der ein Strick zu liegen schien.

Plötzlich riefen seine Fingerspitzen ein Bild in seinem Geist hervor, und die freie Hand tastete, obwohl sie verletzt war, eifrig hin und her, um dieses Bild zu bestätigen. Es stimmte:

Sein rechter Arm hatte sich durch das offene Fenster eines halb überfluteten Hauses – vermutlich im zweiten Stockwerk – geschoben und krümmte sich nun um den Fensterrahmen. Seine Hand berührte eine Wand. Vorsichtig tastete er mit dem Ellbogen nach dem Fensterbrett. Aber das befand sich einen halben Meter unter der Wasseroberfläche, so daß er es nicht erreichen konnte, wenn er den Kopf über Wasser halten wollte. Doch was befand sich darüber? Er tastete danach, doch anscheinend war das ganze Fenster herausgebrochen. Mit aller Kraft stemmte er sich gegen die starke Strömung, zog mit dem rechten Arm, schob mit dem linken nach und trat verzweifelt mit den Beinen um sich, die durch die Schuhe, die Hose und den anklatschenden Regenmantel behindert waren. Er stieß mit dem Knie gegen die überflutete Fensterbank, fand jedoch Halt und konnte ein Bein hinüberschwingen. Und plötzlich hörte der Sog an seinem Körper auf. Das Wasser reichte ihm bis über die Hüften, aber die Füße standen auf festem Boden. Er war in einem Zimmer. Seine Beine zitterten, und er bebte am ganzen Körper vor Erschöpfung. Er fror so sehr, daß ihm die Zähne klapperten. Aber er vermochte wieder zu denken. Die unmittelbare Gefahr war – das spürte er – vorüber.

War über ihm noch ein weiteres Stockwerk – oder nur noch das Dach? Und gab es irgendeine Möglichkeit, das Dach zu erreichen? Stieg das Wasser noch? Und wie schnell? Er hatte den Eindruck, daß die letzte Frage nicht von so entscheidender Bedeutung war; denn wenn er noch lange in dem eisigen Wasser blieb, war er ohnehin erledigt. Irgendwie, sagte er sich, mußte er weiter nach oben gelangen, wo es trocken war. Und in diesem Augenblick hörte er zum erstenmal ein Scharren über sich – oder glaubte es doch zumindest zu hören.

Perry wartete und lauschte. Er hörte den Regen aufs Dach fallen, das Rauschen und Gurgeln der Flut – und sein eigenes Platschen, als er sich auf das Fenster zubewegte und seine Beine gegen die Wand unter der Fensterbank drückte, um besser Halt zu finden. Verzweifelt bemühte er sich, das Zähneklappern zu unterdrücken. Die Geräusche, dachte er, waren vielleicht von den Ästen eines vorübertreibenden Baumes gekommen, der an der Außenwand des Hauses entlanggescheuert war. Doch jetzt hörte er sie wieder. Sie kamen von oben im Haus. Wenn dort Menschen waren, würden sie ihm helfen.

Er rief in die Dunkelheit hinein: «He! He! Ist dort oben jemand? Können Sie mich hören?»

Seine Stimme erschien ihm tonlos. Er hatte das Gefühl, daß sie kaum durch das Fenster hinausgedrungen war und daß die Finsternis sie erstickte.

Es kam keine Antwort. Er rief lauter, so daß ihm der Hals weh tat und seine Stimme sich wie die eines Halbwüchsigen überschlug. «Ist dort oben jemand? He! Ist dort jemand? Können Sie mich hören?»

Wieder hörte er das Scharren direkt über sich und dann das Geräusch eines Fensters, das hochgeschoben wurde. Gleich darauf rief eine Frauenstimme: «Wer ist dort? Ist dort jemand?»

Die Worte kamen so leise und hastig, als schlüge der Frau vor Schreck das Herz im Hals, als fürchte sie sich und sei zugleich von verzweifelter Hoffnung erfüllt. Noch einmal erklang die Stimme, heiser, fast flüsternd: «Ist dort jemand?»

Perry Brown schob den Kopf aus dem Fenster und hielt sich mit beiden Händen am Fensterpfosten fest. Der Regen prasselte ihm ins Gesicht. Er sah nichts.

«Ich bin's!» schrie er. «Kann ich hinaufkommen? Wo sind Sie? Ich habe mein Boot verloren. Ich konnte mich am Fenster festhalten, als ich hier vorbeigetrieben wurde. Ist noch jemand bei Ihnen dort oben?»

Die Frau antwortete: «Ich bin allein. Woher kommen Sie?» Sie sprach den Dialekt der Gegend, und ihre Stimme klang jetzt matt und schwer.

Perry rief zurück: «Ich bin Reporter! Von der Zeitung! Die Strömung hat mich erwischt. Mein Boot ist umgekippt. Ist es dort oben trocken? Kann ich hinaufkommen?»

«Sie können es versuchen. Ich bin auf dem Boden. Strecken Sie mir die Hände entgegen!»

Vorsichtig, mit tastenden Bewegungen, kletterte Perry auf die unter Wasser liegende Fensterbank, den Rücken der Flut zugekehrt. Wieder zerrte das Wasser an seinen Beinen. Mit der rechten Hand hielt er sich am Fensterpfosten fest, und mit der schmerzenden linken griff er nach oben. Er berührte die regennasse Hand und den Arm einer Frau. Dann fiel aus der wasserbeladenen Finsternis etwas Seltsames auf sein Gesicht und ließ ihn zusammenschrecken. Es war jedoch weich und besaß einen eigenartigen, feuchten Duft. Die Dunkelheit schärfte sein Wahrnehmungsvermögen, und er merkte, daß es Frauenhaar war. Der Arm fühlte sich fest und rund an, die Hand rauh. Perry stellte sich die Farbe des Haares vor. Wegen der Finsternis, die ihn umgab, sah er es in einem schimmernden Schwarz. Er faßte die Hand, die er in der Dunkelheit gefunden hatte. Sie schenkte ihm Kraft und Trost.

Er sagte: «Tag, ich heiße Perry Brown.»

Die Frau sagte nichts, doch er meinte, sie schluchzen oder leise weinen zu hören. Ihre Finger wurden plötzlich schlaff. Perry sagte: «Nur Mut! Jetzt sind wir zu zweit.» Er ließ ihre Hand los und griff tastend nach oben. Er fühlte den Sims eines kleinen Fensters. Es lag nicht weit über seinem Kopf. Er überlegte, ob er es bei dem Sog des Wassers an seinen Beinen und dem Gewicht der nassen Kleidung wohl schaffte. Dann entdeckte er einen Eisenträger, der unter dem Fenster aus der Wand ragte. Er prüfte ihn und stellte fest, daß er halten würde. Wenn er den Eisenträger mit dem ersten Schwung erreichte, mochte es gelingen, ehe ihn die Kräfte verließen.

Er sagte: «Vielleicht gehen Sie lieber ein Stück vom Fenster weg. Ich will's versuchen. Entweder schaffe ich's beim erstenmal oder überhaupt nicht. Wenn ich ‹drei› sage, geht's los.»

Er ließ den Rahmen des unteren Fensters los und hielt sich mit der Rechten an dem Eisenträger fest, dann griff er, so gut es mit der verletzten Linken ging, nach dem Sims des oberen

Fensters. Nicht der geringste Lichtschimmer half ihm. Er mußte sich ausschließlich auf das Bild verlassen, das er sich beim Tasten von dem, was über ihm lag, gemacht hatte. Er fürchtete sich nicht, obwohl er eine klare Vorstellung davon hatte, was geschehen würde, falls er fiel – er sah sich bereits keuchend im Wasser kämpfen, sich immer wieder herumdrehen, vom Treibgut in der Strömung gestoßen und zermalmt oder unter Wasser gezogen.

Er sagte: «Jetzt – eins, zwei, drei!» Und mit all seiner Kraft stieß er sich ab und zog sich aufwärts. Er fühlte die obere Fensterbank an seiner Brust, schob den Kopf durch die Fensteröffnung und bemühte sich zugleich, die Arme zu beugen, um sich weiter hochzuziehen.

Doch der Sog des Wassers war zu stark gewesen und hatte seinem Sprung den nötigen Schwung genommen. Keuchend hing er da und trat mit den Füßen. Er hatte einen schmerzhaften Krampf in den Armen und war sich darüber klar, daß ihn im nächsten Augenblick die Schwäche überkommen mußte, die das Ende bedeutete. Vor seinen Augen tanzte Feuer, und seine Brust war glühend heiß. Voller Entsetzen schrie er auf: «Ich schaffe es nicht!»

Dann packten ihn Hände an Kragen und Schultern und zerrten. In dem kurzen Aufschub rang er nach Luft, stieß noch einmal mit den Füßen und merkte, daß er mit seinen starren Armen festhing. Das Zerren an seinem Kragen hielt an. Die obere Hälfte seines Rumpfes lag jetzt über der Fensterbank im Innern des Zimmers. Er wartete einen Augenblick, dann machte er eine letzte Anstrengung, zog die Beine herüber und fiel auf den Boden. Zitternd und schluchzend rang er nach Luft.

Nach einer Weile erholte er sich ein wenig und sagte: «Danke. Wo sind Sie?»

Er setzte sich auf und spürte, daß sich die Frau dicht neben ihm ebenfalls aufrichtete. Er fand ihre Hand und klammerte sich an ihr fest. Sie zitterte. Er fragte: «Was ist denn?»

Er hörte ihre Stimme aus der Finsternis neben ihm, leise und verzweifelt: «Ich habe Hunger. Haben Sie irgend etwas zu essen?»

«Mein Gott», erwiderte Perry und klopfte suchend an die Jackentaschen. Er hatte sich angewöhnt, immer ein paar Riegel Schokolade mitzunehmen. Davon lebte er, wenn er bei einem Auftrag keine regelmäßigen Mahlzeiten oder überhaupt nichts zu essen bekam. Er hatte noch zwei Riegel, völlig naß, aber genießbar. «Ich habe etwas Schokolade. Wann haben Sie das letzte Mal etwas gegessen?»

«Vielleicht vor zwei Tagen. Ich weiß es nicht mehr.»

Perry brach ein Stück ab und schälte es aus der Verpakkung. Er gab es ihr und sagte: «Langsam, essen Sie es ganz langsam. Ich gebe Ihnen nachher noch ein Stück, aber Sie müssen langsam essen.»

Er hörte in der Finsternis, wie sie aß. Als sie fertig war, fragte er: «Besser?»

Sie sagte: «O ja. Ja. Geben Sie mir noch ein Stück!»

«Nein, später. Sie müssen vorsichtig sein. Es schadet Ihnen, wenn Sie jetzt zuviel auf einmal essen.»

«Wann kann ich wieder etwas bekommen?»

«Bald. Bald. Haben Sie Geduld. Wer sind Sie? Wie kommt es, daß Sie allein hiergeblieben sind?»

Eine Weile war es still. Schließlich sagte die Frau: «Ich wollte nicht weg. Die anderen sind weggefahren, als das Wasser anfing zu steigen. Ich habe mich versteckt. Ich brachte es nicht fertig, wegzugehen.»

Jetzt, nachdem die Anstrengungen vorüber waren, spürte Perry die Kälte, und ein Frösteln schüttelte ihn. Er überlegte einen Augenblick und sagte dann: «Ich muß mich ausziehen. Meine Sachen sind naß. Ich bin wie Eis.»

Die Stimme der Frau antwortete: «Ja, Sie müssen sich ausziehen. Ich habe eine Decke, die können Sie nehmen.»

Perry streifte die schweren, nassen Sachen im Knien ab. Er hörte, daß die Frau das Fenster schloß. Er rieb sich ab, so gut es ging, und versuchte, trocken und warm zu werden. Er hörte die Frau fragen: «Wo sind Sie?»

«Hier», sagte Perry fröstelnd und streckte die Hand aus. Er fühlte eine grobe Decke und hüllte sie um sich. Die Frau nahm ihn an der Hand und führte ihn durch den Raum. Sie sagte: «Drüben in der Ecke ist eine Matratze. Dort können Sie sich hinlegen.»

Seine Füße stießen an die Matratze. Er bückte sich, tastete sie ab und ließ sich dann der Länge nach darauf niedersinken. Der Regen, der auf das Dach prasselte, hörte sich an wie fernes Brandungstosen. Wieder überlief Perry ein eisiges Frösteln. Er zitterte am ganzen Körper, und seine Zähne schlugen klappernd aufeinander. Er zog die Decke bis an den Hals und versuchte, das Zittern zu unterdrücken, doch es gelang ihm nicht. Die Kälte kam tief aus seinem Innern – aus seinem Geist und seinem zerschlagenen Körper wie aus den Bildern, die er sich in der Dunkelheit von den Dingen machte, die er am Tag gesehen hatte. Sein Herz war jetzt erstarrt vor Furcht wie sein Körper vor Kälte.

Er hörte, wie die Frau aus nächster Nähe leise sagte: «Sie frieren.»

Perry erwiderte: «Ja. Entschuldigung, ich kann das Zittern einfach nicht unterdrücken.»

Wieder kam ihre Stimme aus der undurchdringlichen Finsternis. Sie klang tief und ruhig. «Ich werde Sie wärmen.»

Er merkte, daß die Frau vorsichtig an der Decke zog, und ließ sie los. Es schüttelte ihn immer heftiger, und unter seinen Schürfwunden pochte es. Die Frau legte sich rasch neben ihn und deckte ihn und sich zu. Sie trug ein Kleid aus einem Stoff, der Baumwolle sein mußte; am Hals war es offen. Perry fühlte ihre Wärme durch das Kleid. Ihr Arm lag unter seinem Kopf. Er zitterte immer noch. Einmal machte sie «Pscht» – als spräche sie zu einem Kind. Das Schütteln hörte einen Augenblick auf, und er genoß die Erleichterung, bevor es wieder begann. Die Frau umschlang ihn fester. Sein Kopf ruhte in der Beuge zwischen ihrem Hals und ihrer Schulter. Das Schütteln kam jetzt seltener und hielt nicht mehr so lange an. Auch die Furcht in seinem Herzen schwand allmählich. Eine Haarsträhne berührte sein Gesicht. Die Arme der Frau waren stark und warm und gaben ihm einen tiefen Trost. Sie halfen ihm, die entsetzlichen Bilder aus seinem Geist zu verbannen, genau wie die Kälte allmählich seinen Körper verließ.

Seltsame, machtvolle Gedanken kamen ihm, während er so dalag, gewärmt und beruhigt. Wer war diese unsichtbare Gefährtin in der Dunkelheit? Eine Frau? Oder die entkörperlichte Frau, das Wesen der Weiblichkeit? Er hatte sie nicht gesehen. Er wußte nicht einmal ihren Namen. Sie hatte Flügel über ihn gebreitet. Sie wärmte, schützte und tröstete ihn, behütete seinen Körper und ging sanft mit seinen Wunden um. Als Junge hatte er einmal den Ausdruck *Mater omnium* gelesen, und dieser Ausdruck war ihm im Gedächtnis geblieben. Seine eigene Mutter war gestorben, als er noch klein war. Doch er konnte sich an sie erinnern, und als Kind hatte er sich in seinen Tagträumen vorgestellt, wie sie ihn an die Brust drückte und in die Falten ihres Kleides hüllte, warm, sicher und behütet. War sie das jetzt? War er, Perry, wieder ein Kind und träumte, wie er es bisweilen tat, von der Wirklichkeit seines Traums? *Mater omnium, omnium mater* – die Worte gingen ihm immer wieder durch den Kopf. Mutter aller, Mutter der Welt, Mutter des Menschen. Durch die Dunkelheit drang nur die starke Weiblichkeit dieser Frau, die er nicht zu sehen vermochte. Er fühlte sich nun warm und schläfrig, in der Schwebe zwischen Bewußtsein und Schlaf. Das Ende der Reise – das Ende der Welt –, ein Mann und eine Frau, die am Leben geblieben waren. Er sagte mit flüsternder Stimme: «Ich danke Ihnen.»

«Pscht», machte die Frau noch einmal. Dann schlief Perry ein. Als er aufwachte, war der Raum von trübem Licht erfüllt. Draußen war es grau, und noch immer regnete es. Die Frau hockte am Fenster. Sie hatte ihm den Rücken zugekehrt und blickte hinaus. Er sah, daß sie blauschwarzes Haar hatte, das ihr bis zu den Hüften herabhing.

Perry sagte: «Guten Morgen.» Sie fuhr zusammen und drehte sich um. Ihr Gesicht stieß ihn ab. Sie war nicht schön. Ihre Züge waren grobknochig und wirkten fast derb. Sie schien noch jung zu sein, nicht älter als sechs- oder siebenundzwanzig. Ihre Brauen waren schwarz, ungewöhnlich dicht und in der Mitte fast zusammengewachsen. Die breiten Wangenknochen fielen in dem mageren, blassen Gesicht noch stärker auf. Die Nase war lang und gerade, der Mund breit und voll. Die schräge Linie, die sich vom Ohr zum Kinn zog, wirkte knochig und hart. Unter dem Baumwollkleid wölbten sich schwere Brüste. Sie war groß und breithüftig. Perry war schockiert, da er in seiner romantischen Art eine Standard-Schönheit erwartet hatte. Sie hatte sehr dunkle Augen, und ihre Haut war blaß und rauh.

Sie fragte: «Geht es Ihnen besser?»

Perry setzte sich auf und zog die Decke um sich. «Dank Ihrer Hilfe. Ich glaube, Sie haben mir heute nacht das Leben gerettet. Gleich zweimal.» Sie befanden sich in einer kleinen, kahlen Bodenkammer. Das Dach bildete unmittelbar über ihnen ein breites, umgekehrtes V. In dem Raum standen zwei große Koffer, ein zerbrochener Stuhl, der nur noch eine halbe Lehne hatte, die Matratze, auf der er lag, und ein Kochtopf mit Deckel. Perry fragte: «Wer sind Sie? Wie heißen Sie?»

«Mary Rud, Rudscienski. Die Leute nennen uns Rud, weil das einfacher ist.»

«Polen?»

«Ich nicht. Mein Mann. Ich bin hier aus der Gegend.» Sie sagte es mit einem gewissen Stolz.

«Wo ist Ihr Mann?» Perry wünschte sofort, er hätte diese Frage nicht gestellt, doch die junge Frau zuckte die Achseln.

«Er ist herausgekommen, nehme ich an, mit dem Kind – er hat sich eine Art Floß gebaut.»

«Und Sie hat er hiergelassen?»

Wieder zuckte sie mit den hageren Schultern. «Ich weiß nicht. Er hat gerufen. Aber ich wollte nicht mit. Dies ist mein Heim. Ich konnte es einfach nicht verlassen. Es war mein Heim, verstehen Sie? Ich habe mich versteckt. Nachher habe ich aus dem Fenster gesehen. Das Floß drehte sich immer im Kreis. Es versank halb. Ich nehme an, er konnte sich nicht länger in der Nähe des Hauses halten. Vielleicht hat ihn auch die Strömung mitgerissen. Vielleicht sind sie alle weg.»

Perry begriff, daß sie damit auf eine nüchterne Art ausdrückte, daß ihr Mann und ihr Kind vielleicht tot waren. Wieder hatte er das Gefühl, daß etwas Naturhaftes an ihr sei, doch auf eine andere Weise, als er es in der Nacht erlebt hatte. Die Fähigkeit zu leiden, verlangte ein gewisses Maß an Bildung und Phantasie. Dieses Mädchen jedoch mußte sehr eng mit dem Boden verwachsen sein, daß sie so immun gegen Unglück war. Sie hatte eine Entscheidung getroffen – hierzubleiben. Einer solchen Einstellung war er auch schon vorher bei dieser Überschwemmung begegnet. Die Männer kamen immer schnell aus den Häusern, aber die Frauen – wenigstens viele von ihnen – mußten oft gewaltsam herausgeholt werden, wenn man sie retten wollte. Aus ihren Häusern. Das war alles, was sie hatten, was fest und unveränderlich war, alles, was ihnen Liebe für Liebe vergalt. Die wortkarge Art der jungen Frau rief ein seltsames Mitleid in ihm hervor.

Sanfter fragte er: «Und was war dann – danach?»

Mary Rud drehte sich etwas und nahm eine andere Haltung ein, so daß sie nun auf dem Boden saß, den Rücken zum Fenster gekehrt, die Hände im Schoß, den Kopf ein wenig seitwärts geneigt; diese Haltung kam Perry plötzlich unsagbar weich und kindlich vor. Sie milderte die harte Unterkieferlinie, und das blauschwarze Haar fiel ihr über die Schulter bis auf den Fußboden.

«Ich mußte hier herauf. Das Wasser stieg rascher, als ich gedacht hatte. Ich brachte etwas zu essen in den zweiten Stock, doch es wurde weggespült. Ich konnte nur noch einen

Topf Wasser mitnehmen. Jetzt ist er fast leer. Ich hatte ein halbes Brot, das ist auch zu Ende. Haben Sie noch ein Stück Schokolade?»

Perry brach etwas von der Tafel ab und gab es ihr. Sie biß rasch mit ihren gesunden weißen Zähnen hinein, hielt plötzlich inne und streckte es ihm entgegen: «Und Sie?»

Perry schüttelte den Kopf. «Ich habe gestern nachmittag noch gut gegessen. Behalten Sie es nur. Sie haben es nötiger.»

Doch sie aß nicht weiter und sah Perry mit ihren großen, dunklen Augen an. Schließlich fragte sie: «Wo sind Sie her?»

Perry erzählte ihr lange. Als er von New York sprach, wurden ihre Augen noch größer. Sie konnte nicht begreifen, daß man sich in New York dafür interessierte, was den Menschen am Ohio zustieß. Aber sie wollte Geschichten über die große Stadt hören – möglichst märchenhafte. Sie war noch nicht einmal in Louisville gewesen. Sie war auf einer Farm geboren und aufgewachsen. Eine Weile hatte sie als Kellnerin in einem Café in Winesville gearbeitet. Als sie davon erzählte, sah Perry, der sich im Geist ständig Bilder ausmalte, wenn er einem Menschen zuhörte, wie sie mit ihrem kurzen Rock und den vollen Brüsten, in einer weißen Schürze oder einem Kittel, das schwarze Haar im Nacken zum Knoten aufgebunden, in dem ein Bleistift steckte, ein Tablett mit Schüsseln trug und beim Gehen die Hüften wiegte und wie die Männer an den Tischen den Kopf wandten und ihr nachsahen. Dort hatte sie den Farmer Jan Rudscienski kennengelernt und ihn geheiratet. Damals war sie neunzehn. Sie sagte, er sei gut zu ihr. Und damit schien er für sie abgetan. Der in der Großstadt geborene und aufgewachsene Perry war über ihre Gleichgültigkeit erstaunt. Zum erstenmal begegnete er der Gelassenheit und Resignation eines Menschen, dessen ständiger Kampf dem Boden und den Kräften der Natur galt.

In die Decke gehüllt, trat Perry ans Fenster und sah hinaus. Zur Linken sah er unter Wasser das schräge Dach einer kleinen Veranda. Es war das Dach, das in der vergangenen

Nacht sein Boot umgeworfen hatte. Es regnete noch immer. So weit er sehen konnte, erblickte er Wasser, doch keine Häuser. Äste von kahlen Bäumen ragten rund um das Haus aus der Flut. Treibgut aller Art hatte sich in ihnen verfangen: Fässer, Tröge, Tore, die aus den Angeln gehoben worden waren, Kisten, Kästen und Hühnerkörbe. Das Wasser hatte eine schmutziggelbe Farbe. Perry schob das Fenster hoch. Man hörte nichts als das Rauschen des Regens und ein Seufzen, als striche Wind durch belaubtes Gebüsch – es war das Wasser, das zwischen den Zweigen der Bäume dahinströmte – und schließlich ein tiefes Gurgeln dort, wo sich der Strom einen Weg um feste Gegenstände bahnte.

Perry fragte: «Was ist auf der anderen Seite?»

«Wasser», erwiderte die Frau. «Das nächste Haus ist drei Meilen entfernt.»

Er blickte zu dem Fenster hinunter, aus dem er in der Nacht heraufgeklettert war. Es war fort. Der obere Teil des Rahmens befand sich in gleicher Höhe mit dem Wasser und war kaum noch zu sehen. «He», sagte er, «es ist seit gestern abend gestiegen, und es steigt immer noch.»

Die Frau war nicht überrascht. Natürlich stieg das Wasser. Sie hatte es seit Tagen steigen sehen. Und sie war so weit, daß sie es als selbstverständlich hinnahm. Es würde immer weiter steigen.

Perry untersuchte seine Kleidung. Alles war noch feucht, aber er entschloß sich, die Sachen anzuziehen, da er hoffte, sie würden durch die Körperwärme eher trocknen. Er drehte sich um und zog sich mühsam und – merkwürdigerweise – völlig unbefangen an. Zuerst war ihm kalt, doch er lief hin und her und brachte es fertig, sich ein wenig zu wärmen. Er blickte in den Wassertopf: er war noch zu einem Drittel gefüllt. Er besaß noch anderthalb Riegel Schokolade. Er ging wieder zum Fenster und kniete neben der jungen Frau nieder.

«Ach, Kind, wir befinden uns in einer häßlichen Lage.»

Er kniete und hielt die Hände im Schoß; sie hatte die ihren

gefaltet, und so sahen sie sich an. Sie sagte nichts, doch in ihren Augen war Mitgefühl und eine wunderbare Wärme. Ein kleines, verzerrtes Lächeln spielte um ihre Mundwinkel und verschwand. Wenn er sich Sorgen machte und Angst hatte, dann tat ihr das leid, und sie wünschte, daß es nicht so war. Mit Worten war sie sehr zurückhaltend, nicht jedoch mit ihren Augen und ihrem Körper.

Perry hatte den Eindruck, daß sie ihm um eine Winzigkeit näherkam. Und da konnte er nicht anders. Die Hände noch im Schoß, beugte er sich leicht vor und küßte sie auf den Mund.

In der folgenden Nacht schmiegten sie sich in der Dunkelheit aneinander und wurden ganz natürlich und ohne eine Frage eins. Doch ihre Vereinigung geschah mehr aus Mitgefühl und Einsamkeit als aus Leidenschaft. Als sie spät am Morgen des zweiten Tages aufwachten, stieg das gelbe Wasser draußen noch immer.

Es war nicht abzusehen, wie hoch es noch steigen würde. Wenn es in die Bodenkammer strömte, mußten sie sich aufs Dach flüchten. Und wenn es dann noch weiter stieg, würde es sie wegschwemmen. Der Regen hörte nicht auf. Es gelang Perry zwar, den Wassertopf mit Regenwasser zu füllen, doch sie standen vor dem Verhungern. Von dem letzten Riegel Schokolade war nur noch die Hälfte da. Perry rationierte ihn und brachte es fertig, ihr den größeren Teil des kleinen Stücks zu geben, das sie zu essen wagten. Sie hatte länger als er ohne Nahrung auskommen müssen und war bereits schwächer.

Meistens lag sie auf der Matratze, und er erzählte ihr Geschichten aus New York. Sie lag ganz still und hörte ihm zu, und manchmal stellte sie Fragen. Aus Filmzeitschriften und von gelegentlichen Besuchen im Bijou-Theater in Winesville kannte sie ein paar Filmstars. Ihr Wissen war beschränkt und durch die Art ihres Lebens hier begrenzt. Sie redete selten, fast nur, wenn sie ihn bat, noch eine Geschichte zu erzählen. Sie drückte sich immer einfach und unumwunden aus, und die wachsende Schwäche verlieh ihr Schönheit und Würde.

Perry war erstaunt, wie schön sie geworden war. Jeder ihrer stark ausgeprägten Züge war ihm lieb und vertraut geworden. Ständig entdeckte er an ihr neue Schönheiten, wo er vorher keine gesehen hatte. Es war dasselbe Gesicht, das er zum erstenmal erblickt hatte, als sie sich in dem grauen Licht des Überschwemmungsmorgens zu ihm umgedreht hatte. Doch jetzt fand er etwas Unschuldiges und Rührendes in der schrägen Linie ihres Unterkiefers. Er liebte die ungewöhnlich dichten Augenbrauen und die lange, gerade Linie der Nase, die unmittelbar unter der Stirn ansetzte. Es erinnerte ihn an Köpfe der Minerva, die er gesehen hatte. Ihr Haar entzückte ihn. Und wenn sie zuweilen seinen Kopf zwischen ihren Händen hielt, verloren diese Hände für ihn alle Derbheit.

Nie dachte er an die Welt, die er verlassen hatte, sondern immer nur an die kleine Welt, in der er jetzt lebte, und an die Frau, die zu ihr und zu ihm gehörte. Sie besaßen so wenig, und das Wenige, was sie hatten, teilten sie miteinander. Obwohl sie immer schwächer wurde, schien ihr Reichtum an Zärtlichkeit und weiblichem Mitgefühl unerschöpflich. Ihr Mund wurde weicher und kindlicher, als er vor Hunger erschlaffte. Und ihre dunklen Augen waren zuweilen starr und durchsichtig.

Sie sprachen niemals von Liebe. Auch das schien ein Teil der verlorenen, toten Welt zu sein. Perry hatte den Eindruck, daß das Wort Liebe in dieser Abgeschiedenheit widersinnig geworden war. Einmal führten ihn seine Gedanken zurück in einen Nachtklub in New York – kleine Tische, Männer und Frauen, Knie an Knie, vermischte Gerüche von Parfum, Speisen und Leibern, das Klappern von Geschirr und die schmachtende Musik einer Kapelle. Eine Frau mit gelbem Haar und rotem Mund stand in einem hautengen Kleid aus schwarzer Seide im Scheinwerferlicht und miaute von Liebe:

Das Leben ist nur ein Spiel, das wir spielen,
Doch du flehst mich an mit deinen Gefühlen,
Sag mir, daß es Liebe ist! Sag mir, daß es Liebe ist!

Sie sang es mit sehnsüchtig ausgestreckten Armen. Die Männer und Frauen an den Tischen sahen sich an, die Lippen feucht, die Augen glänzend. Liebe, Liebe, Liebe. Sie mußten das Wort immer und immer wieder hören, es gedruckt lesen, es in Bildern sehen, um es zu glauben.

Das Mädchen unterbrach seine Gedanken mit einem geflüsterten: «Ist noch ein Stückchen Schokolade da?»

Perry nahm sie fest in seine Arme, bebend vor Zärtlichkeit und Mitgefühl. Er gab ihr den Rest Schokolade – es war kaum mehr als ein Häppchen – und hoffte, so könne er sie von dem entsetzlichen Reißen verschonen, das er in seinen eigenen Eingeweiden spürte. Sie aß die Schokolade, seufzte und klammerte sich an ihn.

Kurz vor Einbruch der Dunkelheit glaubte Perry, sie würden sterben. Er glaubte, selbst dieser kleine noch verbliebene Winkel einer untergehenden Welt werde weggewischt werden. Der Strom gelben Wassers befand sich kaum noch fünfzehn Zentimeter unterhalb der Fensterbank. Irgendwann während der Nacht oder am frühen Morgen würde er sich durch das Fenster ergießen und kalt, stinkend und tödlich in ihre Kammer eindringen. An eine Flucht aufs Dach war nicht mehr zu denken. Das Mädchen war zu geschwächt, um sich noch helfen zu können, und Perry wußte, daß auch seine eigene Kraft nicht mehr ausreichte. Der Morgen würde sie finden, wie sie bis zu den Hüften im eisigen Wasser standen, und am nächsten Abend würden sie tot sein.

Perry erzählte Mary nicht, was er gesehen hatte. Und in dieser Nacht, die ihre letzte sein sollte, stellte er fest, daß sich ihr Verhältnis verkehrt hatte. Nun war er es, der noch Kraft, Mitgefühl und menschliche Wärme zu schenken vermochte.

Solange man noch einen schwachen Schimmer grauen

Lichtes sah, und selbst nachdem er längst vergangen war, betrachtete Perry ihr Gesicht, um die Schönheit ihrer Züge in sich aufzunehmen.

Das Fenster stand offen. Es hatte keinen Sinn, das Ungeheuer aufzuhalten, wenn es zu ihnen kam. Er hörte das Rauschen und Gurgeln des Wassers draußen und einmal das aufgeregte Schwatzen eines Vogels. In der Ferne vernahm er einen zischenden Laut, höher im Ton als Regen und Strömung. Als er genauer hinhörte, bemerkte er, daß das Geräusch von dem langgezogenen, heiseren Klagen einer Lokomotive begleitet wurde, und zog darauf das Mädchen noch fester an sich. Er konnte es nicht glauben. Und doch – einen Augenblick lang dachte er an Rusty, an die Redaktion des *Blade,* das Büro der mächtigen, lebendigen Zeitung, wo Schreibmaschinen klapperten, Telefone klingelten, die Redakteure und Reporter eifrig an ihren Tischen arbeiteten; er dachte an die pulsierende und lärmende Großstadt.

Er dachte an diese Wirklichkeit jedoch mit den gleichen Gedanken wie vorher an den Nachtklub – wie an Dinge, die tausend Jahre zurücklagen. Es waren Erinnerungen, die eher von selbst in ihm aufstiegen, als daß er sie heraufbeschwor. Es war wie damals, als er in England einmal an den römischen Mauern einer alten Grenzstadt entlangwanderte und plötzlich das Gefühl hatte, daß er schon einmal an der gleichen Stelle gewesen war, daß Zeit und Raum nicht existierten und daß er in einem anderen Zeitalter schon einmal auf dem uralten Stein und Mörtel gestanden und auf das wirre Gestrüpp am Fuß der Mauer niedergeblickt hatte. Damals, in jenem anderen Zeitalter, hatten sich ihm die Haare im Nakken genauso gesträubt, wie sie sich jetzt in Erwartung des Feindes sträubten.

Er hatte Rusty in der fernen Vergangenheit geliebt und würde sie wieder lieben. Sie war ihm teuer, da sie ihm vor vielen Jahrhunderten etwas bedeutet hatte. Hier jedoch in der Finsternis und mit dieser Frau in den Armen, war er jenen

Zeitaltern wieder nahe, die aus der Dunkelheit heraufstiegen und in sie zurückfielen. Dieser kurze Übergang war nun vorüber, und er fühlte sich nicht unglücklich, da er ja nicht allein war. Er wußte, daß der Mensch niemals einem schrecklicheren Entsetzen gegenüberstehen konnte als dem, allein zu sein, und er war dankbar. Das Mädchen schlief, als er sie zum Abschied küßte, und bald schlief er ebenfalls ein. Als er aufwachte, schien die Sonne durch das halbgeöffnete Fenster. Die Kammer war trocken. Er stand auf und blickte hinaus. Das gelbe Wasser stand immer noch unter der Fensterbank. Der Himmel war wolkenlos, blau und strahlend hell. Von der Ecke des Hauses her hörte er ein scharrendes Geräusch. Ein Ruderboot kam näher, dann noch eins, ein großer, flachbödiger Kahn. In den Booten waren Männer. Einer von ihnen trug die Rote-Kreuz-Binde am Arm.

«He!» rief Perry. «He!»

Sie sahen ihn und ruderten zum Fenster.

Der Mann in dem kleinen Boot war ein kräftiger Bursche mit blondem Haar und riesigen Händen. Er hieß Jan Rudscienski und war der Mann der Frau, die unter der Decke in der Ecke der Kammer schlief. Er sah Perry ohne Argwohn an, fragte jedoch: «Wie sind Sie hierhergekommen?»

Perry erklärte es ihm kurz. Der andere brummte und kletterte in den Raum. Er fragte: «Ist sie in Ordnung?»

«Wir – sie ist fast verhungert», sagte Perry. «Wir hatten nichts zu essen außer einem Stück Schokolade, das ich bei mir hatte.» Ihm schien, daß er dachte und rede wie der normale Mensch, der er gewesen war – nur daß er sich vor Hunger schwach fühlte.

Rudscienski beugte sich aus dem Fenster und rief: «He! Sie ist hier. Bringt Suppe herüber.»

Ein Mann vom Roten Kreuz kam mit einer Thermosflasche. Er ging zu der Frau und hob ihren Kopf ein wenig an. Sie schlug für einen Moment die Augen auf. Ausdruckslos wanderte ihr Blick von Perry zu dem Burschen, der ihr Ehemann war, und zu dem Mann, der sie hielt. Sie trank ein wenig von der heißen Brühe und schloß die Augen wieder. Der Mann vom Roten Kreuz gab auch Perry etwas, der langsam trank.

Mary öffnete die Augen. «Ist Alvis gesund?» fragte sie.

Ihr Mann antwortete: «Ja.» Dann sagte er zu dem Mann vom Roten Kreuz: «Wir sollten sie hinausschaffen.»

Sie hoben sie über die Fensterbank in den Kahn vom Roten Kreuz. Im Sonnenlicht fiel Perry auf, wie blauschwarz ihr Haar und ihre Brauen waren, und abermals sah er ihren festen, runden Hals. Er zog den Regenmantel an, kletterte auch in den Kahn und ruderte von dem Haus fort; Rudscienski folgte ihnen in seinem Boot. Es war windstill und wärmer geworden. Etwa eine Meile entfernt sah Perry trokkenes Hochland, das der Regen bisher verdeckt hatte. Er hörte das Geräusch eines Motorboots. Es kam herüber, um sie zu kontrollieren. In dem Boot saßen sein Freund, der Pionieroberst, und einige andere Offiziere.

«He», sagte der Oberst. «Hier stecken Sie also! Wir hatten Ihretwegen schon Alarm gegeben. Alles in Ordnung?»

Perry nickte.

«Soll ich Sie mitnehmen?» fragte der Oberst. «Wir fahren bis Owensboro. Von dort aus kommen Sie dann schon weiter.»

Perry nickte wieder. Er fühlte sich zu elend, um zu sprechen. Er trank noch einen Becher Brühe, während das Motorboot längsseits kam, und stieg dann mit Hilfe eines Offiziers ein. Das Motorboot legte sofort ab und fuhr nach Süden. Perry stand aufrecht im Boot, hielt sich am Schandeck fest und versuchte *good-bye* zu rufen, doch seine Kehle war ausgetrocknet, und ihm war schwindlig. Mary Rudscienski öffnete einen Moment lang die Augen und sah ihn. Ein halbes Lächeln trat für den Bruchteil einer Sekunde auf ihren Mund und schwand wieder. Perry winkte, und Jan Rudscienski und der Mann vom Roten Kreuz winkten zurück. Dann schob sich das Farmhaus zwischen sie.

«Um Gottes willen», sagte Perry Brown, «hat jemand einen Schluck zu trinken?»

«Offiziell nicht», erwiderte der Oberst. «Geben Sie ihm die inoffizielle Flasche, Joe.»

Einer der Offiziere reichte Perry eine halbvolle Whiskyflasche. Er trank ein gutes Drittel davon und konnte sich später kaum noch an etwas erinnern.

Einmal, als er für ein paar Sekunden wieder zu Bewußtsein kam und nicht von Erinnerungen an Mary Rudscienski heimgesucht wurde, stellte er fest, daß er im Bett eines Hotelzimmers lag. Ein schwarzer Hausdiener stand neben ihm. Mit großen Augen, in denen man das cremefarbene Weiß sah, starrte er Perry an.

«Wo bin ich hier?» fragte Perry.

«Im Akropolis-Hotel in Memphis, Sir.»

«Und wie bin ich hierhergekommen?»

«Das weiß ich wirklich nicht, Sir. Sie kamen einfach her, nehme ich an. Ich habe mich um Sie gekümmert, Sir. Ihre Kleider sind alle gereinigt und gebügelt, und Ihre Wäsche habe ich waschen lassen. Ja, Boss.»

«Habe ich was gegessen?»

«Glaub schon, Boss. Sie haben alles gegessen, was ich Ihnen gebracht hab. Ich hab für Sie gesorgt, Boss.»

«Ist da noch ein bißchen Whisky?»

«Ich hole Ihnen welchen, Boss.»

Während Perry wartete, wanderten seine Augen durchs Zimmer. Auf dem Nachttisch stand ein Telefon, daneben lag eine Gideon-Bibel. An der gegenüberliegenden Wand hing ein Whistler-Druck. Perry stand auf, ging zum Fenster und blickte hinaus – und war erschüttert, als er nicht mehr die grenzenlose Weite trübgelben Wassers sah, aus dem kahle Baumkronen ragten. Auf der Straße unten herrschte lauter und lebhafter Verkehr. Personenautos und Lastwagen und dazwischen hastende Menschen. Genau gegenüber befand sich ein Einheitspreis-Geschäft, und eine Weile lang beobachtete er, wie sich die Frauen hinein- und herausdrängten. Die Wirklichkeit des vertrauten Geschäftsschildes und der hinter den Schaufensterscheiben ausgestellten Waren wirkte heilend.

Er erinnerte sich der Augenblicke in den letzten Tagen, da er so voller Heimweh nach irgend etwas unwiderruflich Verlorenem aufgewacht war, daß ihm aller Lebensmut schwand. Ihm war unfaßbar elend zumute gewesen, und jedesmal hatte er rasch etwas getrunken, um nur wieder in die lindernde Bewußtlosigkeit zu versinken. Als er ein kleiner Junge war, hatte ihn die entflohene Schönheit eines Traums oft quälend verfolgt. Was ihm in dem Haus inmitten der Flut geschehen war, hatte bereits die Eigenart eines Traumes angenommen, doch es schüttelte ihn, körperlich und geistig, noch immer so sehr, daß er es nicht ertragen konnte. Perry war ein vernunftbegabtes Wesen, doch in diesen Stunden hatte er weder für noch gegen die Vernunft gekämpft, sondern gegen das schreckliche Gefühl, etwas verloren zu haben, das wunderschön gewesen war. Manchmal wurde er fast zu dem wahnwitzigen Entschluß getrieben, Mary Rud zu suchen und seine Qual dadurch zu lindern, daß er sein Gesicht noch einmal an ihre Wange drückte, die Sanftheit und Süße ihres Mundes fühlte und die Augen im Frieden ihrer Arme schloß.

Dennoch wußte er, daß nicht dies der eigentliche Verlust war. Er erkannte vielmehr, daß er in einer Welt gewesen war, in die er niemals zurückkehren konnte; er war von ihr ausgeschlossen, als hätte das, was geschehen war, auf einem anderen Planeten stattgefunden, Hunderte von Lichtjahren entfernt. Und dann hatte er jedesmal wieder getrunken.

Nun half ihm der Blick aus dem Fenster. Menschen, Autos, Polizisten, Zeitungsjungen, Geschäfte und die ganz konkrete und beruhigende Zurschaustellung von Flaschen und Papierblumen, billigen Glaswaren und Nippes in dem Einheitspreis-Geschäft gegenüber – das war immerhin eine Welt, die er gekannt und geliebt hatte und in der er leben konnte. Sie war noch vorhanden. Mit einer plötzlich aufwallenden Zärtlichkeit und Scham dachte er an Rusty, an ihr kupferfarbenes Haar und ihre graugrünen Augen, an ihren großen Mund und ihr halb amüsiertes Lächeln. Irgendwo würde sie jetzt, geschäftig, interessiert, lebhaft, einer Geschichte auf der Spur sein. Wenn sie ihn wiedersah, würde ihr Gesicht aufleuchten mit dem Blick, den er liebte, halb belustigt, halb zärtlich und ganz und gar aufrichtig.

Er schüttelte sich und trat vom Fenster zurück. Die Gegenstände im Zimmer wirkten nicht mehr fremd auf ihn. Sie taten ihm nicht mehr weh. Hierher gehörte er. Er nahm den Hörer von der Gabel und legte ihn wieder hin; dann hob er ihn abermals und gab ein Telegramm an die Redaktion auf, man solle ihm hundert Dollar schicken.

Der Hausdiener kam mit einer Flasche Whisky zurück. Perry bezahlte sie, und dann gab er sie ihm mit einem Zehn-Dollar-Schein zurück und sagte: «Behalt sie, mein Junge. Ich brauche sie nicht. Und nun verschwinde und sag dem Portier, er soll mir einen Platz im Nachtzug nach New York besorgen.»

Drei Stunden später zog er sich an, zahlte seine Rechnung und fuhr nach Haus.

[illegible]

Der Hexer von Woonsapucket

Glauben Sie an Hexen, gehen Sie schwarzen Katzen aus dem Weg, sind Sie betrübt, wenn Sie einen Spiegel zerschlagen, und bleiben Sie am Freitag, dem Dreizehnten, zu Hause, im Bett? Ich frage nur, da ich selber gar nicht abergläubisch bin, wenn ich auch zugeben muß, daß ich eine Ausnahme mache: bei einem kleinen Glückselefanten aus Elfenbein nämlich, etwa in der Größe einer Walnuß, den mir Freddy McRae von einer Golftournee, die er vor Jahren im Winter durch Indien machte, mitgebracht hat und den ich seitdem in der linken Hosentasche trage – für alle Fälle. Und, Junge, Junge, wenn ich ihn nicht bei mir gehabt hätte, als die Profi-Meisterschaft ausgetragen wurde, dann möchte ich nicht wissen, was aus dem armen Elmer Brown geworden wäre, der nichts weiter als ein großer, dummer Junge war, wenn auch nett und anständig, und aus der reizenden Mary Summers, in die er sich so verliebt hatte.

Ich meine, wenn es um solches Zeug geht wie Hexen, die auf Besenstielen reiten, oder den Satan persönlich, der einem Burschen in die Golftasche kriecht und ihm sagt, welchen Schlag er benutzen und wo er den Ball hinlegen soll, um ein schwieriges Fünfer-Loch mit einem einzigen Schlag, Aufspringen und Hineinrutschen zu schaffen, dann grinst Onkel William Fowler nur breit und sagt: «Ha!» Aber dieser kleine Elefant hat etwas Niedliches an sich, und viel Platz braucht er auch nicht. Unvorstellbar, daß ich ihn, als ich letztes Jahr nach Woonsapucket zur Profi-Meisterschaft fuhr, beim Umziehen beinahe vergessen hätte, weil ich so ärgerlich auf den alten A. R. war, der mir die ganze Freude an der Reise verdarb.

Ich bin stellvertretender Werbechef von A. R. Mallow & Co und für die Reklame verantwortlich, was bedeutet, daß ich die ganze Schmutzarbeit machen muß. Und genau das wurde auch von mir verlangt, als ich am Tag, bevor ich nach Massachusetts abfahren wollte, per Summer zu A. R. ins Büro gerufen wurde. Ständig werde ich ins Büro des Alten gerufen; und dann sitzt er da, die Brille auf der Nasenspitze, eine Zeitung in der Hand, und ich weiß sofort, es gibt wieder Ärger für William.

«Ha! Ahmm! Hrrmf! Fowler. Ich habe hier eine Aufstellung, die mir Gudgins von der Verkaufsabteilung gemacht hat. Eine Liste der Profis, die bei uns unter Kontrakt stehen, und – äh – Leistungen. Ziemlich kopflastig. Menge dürres Holz. Unsichere Zeiten, Fowler. Labile Geschäftslage. Alle nervös. Gute Gelegenheit für Sparmaßnahmen. Müssen doch sparen, wie? Dieser Bursche da, Brown – hrrmf! – Elmer Brown aus – äh – Osceola in Iowa. Was hat der bis jetzt getan, um sein Geld zu verdienen?»

Na, und da hatte er mich, denn Elmer Brown hatte auf den Golfplätzen nicht gerade Großes geleistet, seit ich ihn vor drei Jahren unter Vertrag nahm, weil es damals so aussah, als könnte er die offene Meisterschaft gewinnen. Andererseits war er ein so anständiger, ernsthafter Bursche, daß ich fand, ich müßte wenigstens den Versuch machen, ihn zu retten. Deshalb sagte ich: «Na ja, A. R., er ist noch ein Kind. Bei der offenen Meisterschaft 36 wurde er siebter, und er hätte bestimmt gesiegt, wenn die drei letzten Löcher nicht gewesen wären . . .»

«Ha! Genau, Fowler. Auf den Listen der Lohnbuchhaltung von Mallow & Co ist kein Platz für Profis, die nichts können. Seither hat dieser junge Mann nach der Aufstellung hier nichts getan, außer daß er sich in der Offenen von Los Angeles als neunter und in dem Meisterturnier in Augusta als zwölfter plaziert hat. Sein Vertrag bei uns ist abgelaufen. Ich wünsche nicht, daß er erneuert wird. Er hat den A. R. Mallow-Produkten keine Ehre gemacht. Ha! Hum!» Mit dem letzten «Ha! Hum!» schob er die Brille auf der Nase hoch, was immer ein Zeichen dafür war, daß A. R. meinte, was er sagte, und daß es keinen Sinn hatte, noch weiter darüber zu reden.

Der Kampf der Berufsgolfer sollte ausgerechnet in einem Ort namens Woonsapucket in Massachusetts, acht Kilometer von Salem entfernt, stattfinden. Für die Zeitungsreporter war das am Ende der Welt. Soweit es uns betrifft, sind die Grenzen bei diesem Turnier deutlich abgesteckt; es ist nur für Profis, und man braucht nicht zu hetzen oder zu betrügen oder zu schieben – von ein bißchen höflichem Zureden abgesehen –, wie es bei einem offenen Turnier immer nötig ist. Wir haben es natürlich gern, wenn einer unserer Profis siegt, und weisen auch in Anzeigen darauf hin, aber beim Publikum zählt es nicht so viel wie ein Sieg in einem Offenen. Für mich ist es deshalb eine jährliche zusätzliche Urlaubswoche, in der ich mich erholen kann, während ich den Spielern folge und selber meinen Spaß habe. Aber es ist natürlich schlecht, wenn man so eine Woche damit beginnen soll, daß man einem netten Kerl den Laufpaß gibt. Vielleicht bin ich ein bißchen zu zart besaitet.

In Woonsapucket gab es nicht einmal ein Hotel, und auch der Woonsapucketer Golfklub, der über zehn Kilometer von Salem entfernt lag, hatte keine Gästezimmer. Darum waren die Spieler in der näheren Umgebung in Privathäusern untergebracht worden; die Einwohner stellten Unterkunft und Verpflegung mit einer Art Bürgerstolz zur Verfügung. Ich teilte ein Zimmer in einem schönen alten Haus mit unserem Freddy McRae, der ebenso gute Aussichten hatte zu siegen wie jeder andere im Turnier. Ich erzählte ihm, daß ich Elmer Brown hinaussetzen müsse. Er zuckte die Achseln und sagte: «Das ist eine Schande. Er ist ein guter Kerl, wenn er auch ein schrecklicher Bauer ist. Aber das ist auch das einzige, was man ihm vorwerfen kann. Das Heu sitzt ihm noch in den Haaren. Er ist schüchtern und ängstlich. Jedesmal, wenn er mit einem, der einen Namen hat, an die Abschlagstelle tritt, ist es aus mit ihm.»

Am Samstag morgen, einen Tag bevor das Turnier begann, fuhr ich zum Klub hinaus. Es war ein hübscher, langgezogener Platz, der sich durch ein Waldgebiet zog. Ich hatte überlegt, ob ich Elmer Brown die Sache vor oder nach dem Turnier beibringen sollte. Ich nehme an, es wäre freundlicher gewesen, damit zu warten, bis alles vorüber war, um ihm das Herz nicht schwer zu machen, aber ich sagte mir, wenn ich es ihm gleich erzählte, würde er vielleicht so wütend werden, daß er hinauslief und endlich einmal Golf spielte. Und wenn er in diesem Turnier auch nur irgendeinen Erfolg hatte, konnte ich es vielleicht riskieren, noch einmal mit A. R. zu sprechen.

Ich fand Elmer beim Putten auf dem Übungsgrün. Er war nicht schwer zu finden, denn er hatte die Gestalt eines Schwergewichtsboxers. Er war groß, kräftig, wie mit Mehlspeisen gepäppelt, hatte maisblondes Haar, blaue Augen und einen breiten Mund. Er war auf einer Farm tief in Iowa aufgewachsen.

Nachdem ich ihm die Hand geschüttelt und mich nach seiner Verfassung erkundigt hatte, rückte ich, ohne viel Zeit zu verschwenden, mit der Sprache heraus: «Hören Sie, Elmer, es tut mir leid, daß gerade ich es Ihnen sagen muß, aber Sie stehen auf der Abschußliste.»

Er richtete sich von dem Putt auf, den er gerade machen wollte. Schwermut lag dick wie Butter auf seiner großen, gutmütigen Visage. Zugleich sah er ängstlich aus. Er sagte: «Du liebe Zeit. Meinen Sie, daß ich . . .?»

Ich fing an, eine Menge von A. R.s Reden nachzubeten – Sparmaßnahmen, unsichere Verhältnisse, nicht persönlich gemeint, allgemeine Einschränkungen, vielleicht eine bessere Lage im nächsten Jahr –, als er mich unterbrach: «Liebe Zeit, Mr. Fowler, Sie brauchen's mir gar nicht zu versüßen. Ich weiß, daß ich nicht genug Siege errungen habe, um ein einziges Eisen blankzuspielen. Wenn eure Firma nicht gewesen wäre, hätte ich mich schon längst aufgerafft und wäre auf die Farm zurückgegangen. Dachte mir, daß es so kommen würde.»

Während des nun folgenden Schweigens war mir ziemlich erbärmlich zumute. Elmer beugte sich zurück und puttete auf drei Meter ein. Dann richtete er sich auf und sagte: «Mr. Fowler, würde es noch etwas nützen, wenn ich dieses Turnier gewönne?»

Ich sah ihn an. «Ja, natürlich. Ich würde mich dann noch mal mit A. R. herumstreiten. Selbst wenn dieses Profi-Turnier nicht viel für den Verkauf unserer Waren nützt, ist A. R. doch klug genug, zu begreifen, daß der Mann, der dieses Turnier gewinnt, auch die Offene oder eine andere Meisterschaft gewinnen könnte.»

Er erwiderte: «Liebe Zeit, Mr. Fowler, dann muß ich eben gewinnen. Ich muß einfach.» Es kam aus tiefstem Herzen. Und ehe ich noch die Frage aussprechen konnte, die mir im Gesicht geschrieben stand, sagte er: «Ich habe ein Mädchen, Mr. Fowler. Liebe Zeit, ist sie süß!»

«Oho!» sagte ich. Das letzte Mal, als sich einer unserer Profis ein Mädchen zulegte, fehlte nicht viel, und es hätte uns das Offene gekostet; deshalb mochte ich nicht einmal an so etwas denken. Aber er hatte mich nicht gehört. In seine Augen trat jener träumerische Blick von verliebten Männern oder von Boxern, die einen Aufwärtshaken gegen das Kinn gekriegt haben, und er legte los: «Liebe Zeit, Mr. Fowler, sie ist die wundervollste Person, der ich je begegnet bin.»

So bekam ich die ganze Geschichte von ihm zu hören. Er war in einem Häuschen einquartiert worden, das schon über zweihundertfünfzig Jahre im Besitz der Familie Wellbye war und jetzt einer alten Jungfer, Miss Sarah Wellbye, gehörte. Miss Wellbyes Nichte, Mary Summers, verbrachte gerade ihre Ferien bei ihr. Mary hatte das College besucht und war jetzt Stenografin in Boston. Sie hatte schwarzes Haar, blaue Augen und war nicht breiter als ein Melkschemel, aber, liebe Zeit, reizend und so biegsam wie eine Wagenpeitsche, und er hatte sich gleich am ersten Tag, als er sie sah, in sie verliebt. Das hatte sich vor einer Woche ereignet, als er zum Üben hier angekommen war. Er konnte es selbst kaum glauben, aber sie mochte ihn auch leiden, und sie wollten heiraten, wenn das Turnier vorüber war. Mit dem Preis von tausend Dollar wollten sie sich eine Existenz gründen.

Nun, je mehr er plapperte, desto bekümmerter wurde ich. Da stand er, erfüllt von junger Liebe, und wollte ein nettes Mädchen heiraten, und ich hatte ihn soeben hinausgeworfen. Und ich wußte genau, wie hart es für einen jungen Profi war, der niemals siegte, sich zu ernähren, vom Heiraten ganz zu schweigen.

Und jetzt wollte er das Profi-Turnier gewinnen! Ich brachte es nicht übers Herz, ihm alles zu sagen. Wie McRae mir erklärt hatte, war er ein schüchterner Heldenverehrer, der jedesmal das Zittern bekam, wenn er gegen einen Mann mit großem Namen wie MacDonough, Crabby Wilson, Craig oder Steubner spielte. Sie brauchten weiter nichts zu tun, als einen Ball auf den Abschlag zu werfen, und schon war es aus mit ihm. Und das Turnier der Profis war ein Match gegen die zähesten, kältesten, ausgekochtesten Burschen dieses Sports. Elmer hatte nicht mehr Aussichten, als ich haben würde, wenn ich im Turnier von Pinehurst mit einem Krocketschläger und einem Schmetterlingsnetz spielen und unter achtzig Schlägen bleiben wollte.

Doch ich munterte ihn ein wenig auf, wünschte ihm Glück und verzog mich dann in den Umkleideraum, um einen Schluck aus meiner Flasche zu nehmen. Welch mulmiger Beginn einer lausigen Woche!

Die Art, wie dieses Turnier gespielt wird, gibt einem Golfer reichlich Gelegenheit, sich auszutoben. Es beginnt am Sonntag und zieht sich über eine ganz Woche hin. An den beiden ersten Tagen spielen sie achtzehn Löcher, jedes ein Qualifikationsspiel. Die dreiundsechzig Spieler mit der niedrigsten Schlagzahl qualifizieren sich zusammen mit dem Meister des vergangenen Jahres, der automatisch dabei ist; das macht vierundsechzig im ganzen. Am Dienstag tragen sie zwei Achtzehn-Loch-Wettspiele aus; dadurch verringert sich die Gesamtzahl bis zum Abend auf sechzehn Spieler, und von da an heißt es bis zum Ende täglich sechsunddreißig Löcher.

Abgesehen von Elmers Schwierigkeiten brauchte ich mir um nichts Sorgen zu machen. Alle unsere Jungs – wir hatten vier im Wettspiel – qualifizierten sich gut, Elmer selbst übrigens auch; aber das überraschte mich nicht, denn bei Qualifikationsspielen war er gar nicht schlecht. Er konnte den Ball, wenn er richtig zuschlug und nicht unter Druck stand, unheimlich weit schlagen. Er war so groß und kräftig, daß er nie mehr als einen Dreiviertelschwung brauchte. Aber das hatte nichts zu bedeuten; am Dienstag abend würde Elmer auf dem Weg nach Osceola in Iowa sein. Der arme Tropf hatte es fertiggebracht, sich in die schwierigere Gruppe hineinzuspielen. Und, Junge, Junge, diese Liste las sich genau wie die Rangliste des Golfsports. Das war einfach nicht zu schaffen. Mindestens ein Dutzend von ihnen waren Meister oder ehemalige Meister. Der Profi Angus MacDonough, der bei Fairgreen unter Vertrag war und in diesem Jahr die offene Meisterschaft gewonnen hatte, stand im unteren Teil der Liste und konnte seiner Sache sicher sein. Außerdem lernte ich Elmers Mädchen, Mary Summers, kennen.

Der Name Mary hat wirklich etwas Reizvolles, und dem entsprach sie ganz und gar. Sie besaß jene ruhige Aufrichtigkeit, die mit dunklem Haar und blauen Augen einherzugehen scheint. Sie trug ihr Haar glatt, und es glänzte, daß man es am liebsten angefaßt hätte; doch trotz der winzigen Gestalt – sie reichte Elmer eben bis zur Schulter – hatte sie ein ausgeprägtes, energisches, festes Kinn und einen Mund, der aussah, als könne seine Eigentümerin es manchmal verdammt ernst meinen. Und wie verliebt sie in den riesigen Elmer war! Es machte ihr anscheinend gar nichts aus, daß er das Pulver nicht erfunden hatte. Es interessierte sie nur, daß er lieb und nett war und sie in zwei Teile brechen konnte, falls er jemals voll ausholte, ehe er sie an sich drückte. Warum fallen alle diese netten kleinen Mädchen nur immer auf solche Burschen herein. Schließlich ist ja auch Onkel Fowler noch da, der sich verzweifelt nach irgendeinem sanften, angenehmen Menschen sehnt, der ihm über die glühende Stirn streicht, wenn er abends nach Haus kommt, mit rauchendem Kopf von der Anstrengung, sich immer wieder etwas auszudenken, damit noch mehr Trottel die Produkte von A. R. Mallow kaufen.

Nach der Qualifikationsrunde trafen wir uns auf der Klubhausveranda. Elmer trank ein Glas Milch und machte Witze mit den anderen, die ihn alle gern leiden mochten, weil er so bescheiden und anständig und unverdorben war. Und dann rief er: «Mr. Fowler, ich möchte Sie mit Mary Summers bekannt machen. Mary, das ist Mr. Fowler von der Firma A. R. Mallow. Das ist die Gesellschaft, die ... die ... für die ich gearbeitet habe. Er glaubt, ich hätte eine Chance zu gewinnen.»

Mary schenkte mir ein inniges, liebevolles Lächeln, als ob ich allein dadurch, daß ich das glaubte, zu ihnen gehörte; sie gab mir die Hand und sagte: «Das ist das erste Golf-Match, das ich miterlebe, Mr. Fowler, aber Elmer wird bestimmt siegen, weil er so schön spielt. Und Sie wissen ja, warum es für uns so wichtig ist. Elmer hat mir erzählt, daß ... daß Sie es wissen.» Und damit drückte sie Elmers Arm mit einer so zärtlichen und natürlichen Geste, daß ich glaubte, mir sei einer unserer eigenen Tuff-Hide-Bälle in der Kehle steckengeblieben, weil ich die ganze Zeit an Elmers Entlassung denken mußte. Ich schaute nämlich über ihre Schulter hinweg auf die Spielliste am Anschlagbrett des Klubs, und Elmer sollte in der ersten Runde gegen den alten Archie Crobb antreten. Tja, Sie haben richtig verstanden. Das war genauso, als wenn man einen Jungen aus den Amateurreihen bei seinem ersten Profiboxkampf in den Ring führte und zu ihm sagte: ‹Na, komm schon, mein Sohn, damit ich dich deinem Gegner vorstellen kann. Er heißt Joe Louis.›

Archie, ein runzliger alter Schotte, war schon seit vielen

Jahren mit von der Partie. Er hatte den ruhigsten Schlag von der ganzen Bande und machte sich einen Spaß daraus, die jungen Burschen im Wettspiel auseinanderzunehmen!

«Essen Sie doch heute abend bei uns im Wellbye-Cottage, Mr. Fowler», sagte Mary gerade.

«Liebe Zeit, ja», fügte Elmer hinzu. «Es ist das interessanteste Haus, das Sie je gesehen haben. Voll von Schätzen, wie ein Museum, sogar noch Sachen von vor der Revolution . . .»

Aber ich hörte kaum zu. Ich mußte immer nur daran denken, wie der arme Junge versuchen würde, seinem Mädchen zu erklären, daß er aus dem Turnier geflogen, von seiner Firma entlassen und völlig pleite war. Ich murmelte so etwas wie «danke» und «gratuliere» und «gewiß, Elmer würde es sicher schaffen» und ging davon. Ich überlegte sogar einen Augenblick, ob ich zu Archie gehen und ihn bitten sollte, dem Jungen nicht allzu schlimm zuzusetzen; aber was machte es schon aus, ob er nun drei zu zwei oder neun zu acht ausscheiden mußte. Und Archie war sowieso ein Aas. Er hatte nun einmal seinen Spaß daran, es anderen unter die Nase zu reiben. Ich ging also in die Garderobe hinunter, in die Heul-Ecke, wo sich die Jungen, die es nicht geschafft hatten, aufhielten. Bei ihnen war es so hübsch trübsinnig.

Waren Sie schon mal auf einem Golfturnier an dem Tag, an dem diese beiden mörderischen Achtzehn-Loch-Wettspiele ausgetragen werden? Junge, Junge, das ist ein Schlachtfeld – nun, Sie wissen es ja selber! Die Leichen der berühmten Toten liegen zu acht übereinandergestapelt in der Garderobe; im Speiseraum hallt schaudererregend das Stöhnen der Verwundeten und Sterbenden wider, und die am Leben geblieben sind, kommen von der Bahn herein, den Blick des Wahnsinns im Auge. Das Wort ‹geschlagen› trifft mit monotonem und widerlich dumpfem Aufschlag die Trommelfelle. Ich verlor Whitey Brompton, einen unserer besten Männer, an einen unbekannten Profi aus Alabama, der den Ball schlug, als ob er das Reißen hätte; und Reggie Ring, auch eines unserer Asse, hatte das Pech, gegen Crabby Wilson, den Mann der Firma Sweetwood, spielen zu müssen, als Crabby gerade in Höchstform war. Das machte schon zwei. Und Freddy McRae konnte ich gerade noch bei Extra-Löchern am Nachmittag durchziehen. Aufregung? Mehr als genug, wo die Stars links und rechts nur so purzelten.

Nun ja, Elmer war noch in der Konkurrenz, als der Tag zu Ende ging. Er schlug Archie Crobb am neunzehnten Loch, und am Nachmittag ließ er Nelson Rohm, den Crack aus dem Mittelwesten, am achtzehnten Loch mit eins auf hinter sich. Ich war nicht dabei, übrigens auch kein anderer, außer einem Mann, der ihnen folgte und die Schläge zählte, denn es waren keine Zuschauer zugegen. Aber nach dem, was mir die Zähler nachher berichteten, hatte Elmer einfach so viel Glück, wie man überhaupt auf einmal haben kann. Am fünfzehnten Loch lag Crobb drei auf. Beim sechzehnten lagen sie beide mit zwei Schlägen auf dem Grün, aber weit vom Loch. Elmer mußte einen *birdie* versuchen, also mit einem Putt einlochen, wenn er in der Konkurrenz blieben wollte. Doch sein Ball sprang über das Loch und blieb einen guten Meter dahinter liegen. Er lochte ihn zur Vier ein, doch Crobb trieb seinen Ball auf zwanzig Zentimeter ans Loch heran und hätte nun mit Vier teilen können. Der alte Knabe wartete darauf, daß Elmer den Ball wegschlug und ihm den Sieg zusprach. Aber Elmer sagte kein Wort. So ließ Crobb sich Zeit, den Putt zu studieren, während Elmer mit einem seltsamen Ausdruck auf dem Gesicht zur Seite trat und Archie anstarrte. Crobb puttete so sorgfältig und sicher, daß er eigentlich gar nicht das Loch hätte verfehlen können, doch dann, hol's der Teufel, bewegte sich der Ball auf die komischste Weise und blieb zwanzig Zentimeter entfernt auf der anderen Seite des Lochs liegen. Archie glotzte fassungslos. Er brauchte so Fünf gegen Elmers Vier. Am achtzehnten Loch teilten sie, und am neunzehnten gewann Elmer mit einem großen *birdie*.

Bei der Nachmittagsrunde gegen Nelson Rohm ging's

ebenso. Beim achtzehnten Abschlag standen sie gleich. Elmer topte seinen Ball, brauchte einen Extraschlag aus dem *rough,* dem ungepflegten Teil der Bahn, und lag mit Vier am Rand des Grüns. Nelson machte einen großartigen Drive, den weitesten Schlag des Tages, und hatte die beste Chance, mit Eisen 10 zur Fahne zu kommen, zu einer sicheren Vier, vielleicht sogar zu einer Drei. Der Mann, der zählte, meinte, Elmer müsse an die Zugfahrt zurück nach Iowa gedacht haben, so entsetzt habe er Nelson Rohm angestarrt, während der Mann aus dem Mittelwesten die Entfernung maß, das Eisen 10 in der Hand, bereit, Elmer fertigzumachen. Und dann traf Rohm, offenbar ohne jeden Grund, mit seinem Eisen 10-Schlag die Klubhausveranda und tötete dabei fast einen Neger, der ein Tablett mit Getränken trug. Rohm mußte den Ball vom Pflaster hinter einer Säule hervorspielen, schlug ihn in ein Gebüsch und von dort in einen Bunker. Er brauchte saftige sieben Schläge. Elmer gewann Loch und Match mit einer Sechs. Komisch, wie?

Ich suchte Elmer, um ihm zu gratulieren und ihn noch einmal zu ermuntern. Dieses Mädchen und das Glück wirkten tatsächlich Wunder. Ich fand Mary, aber sie hatte ihn nicht mehr gesehen, seit er vom Platz zurückgekommen war. Sie war ein wenig besorgt, weil er, wie sie sagte, direkt an ihr vorbeigegangen war, ohne sie anzusehen; doch ich beruhigte sie und erklärte ihr, daß ein Bursche, wenn er nach einem schweren Kampf vom Grün kommt, oft nicht einmal die eigene Mutter erkennen würde.

Wissen Sie, wo ich Elmer – es war schon spät und die Garderobe fast leer – schließlich fand? Im Waschraum, wo er sein Spiegelbild mit dem wildesten, verängstigtsten und komischsten Ausdruck anstarrte, den ich je auf einem menschlichen Gesicht gesehen habe. Merkwürdig auch, daß er mich anscheinend gar nicht sah, als ich hinter ihn trat; denn als ich ihm auf die Schulter klopfte und sagte: «Sauber gemacht, mein Junge!», sprang er herum, als hätte er den Teufel gesehen, und schrie laut auf. Er landete zwar auf den Füßen, aber ihm schlotterten die Knie.

Er sagte: «Au! Ich – uh – äh – d-d-danke, Mr. F-F-Fowler», drehte sich um und rannte schnurstracks aus dem Waschraum und dem Klubhaus hinaus.

Ich hielt es für eine kleine Golf-Nervenkrise nach zwei zermürbenden Kämpfen.

Woraus Sie ersehen wollen, wie sehr sich Mr. Fowler manchmal täuschen kann.

Einer nach dem anderen wurden meine Jungs aus dem Turnier geworfen. Sie erinnern sich gewiß noch, wer im Endspiel gegeneinander antrat, nicht wahr? Stimmt, Elmer Brown und Angus MacDonough. Elmer hatte Alex Gliddy, Crabby Wilson und Chubby Craig, drei der besten und ausgekochtesten Golfprofis, einfach abgehängt. Ich sah die Kämpfe nicht, da ich eifrig damit beschäftigt war, unsere Stars durchzuziehen, aber es hieß, diese drei hätten das schlechteste Golf ihres Lebens gespielt. Gliddy hatte eine Tour, bei der er alles nach links verzog, und setzte bei fünf Abschlägen hintereinander den Ball ins Aus. Crabby Wilson vermochte um alles in der Welt nicht einzulochen. Auf sieben Grüns brauchte er dazu drei Putts. Und Chubby Craig, der größte Eisen-Spieler von allen, fing doch tatsächlich an, den Ball mit der Rückseite des Schlägers zu bearbeiten. Elmer dagegen konnte offenbar nichts verkehrt machen. Er schlug aus Bunkern geradewegs ins Loch. Sein Ball tat immer das richtige. Wenn ihm ein Abschlag mißlang, trieb er den Ball mit dem nächsten Schlag so nahe ans Loch, daß er ihn hätte hineinblasen können. Auf dem Turnier wurde von nichts anderem mehr gesprochen.

Ja, doch, es wurde noch von etwas anderem gesprochen, und ich konnte es nicht verhindern. Es war mehr eine Stimmung, die in der Luft lag und die sich nicht greifen ließ. Die Profis hielten sich von Elmer fern. Sie warfen ihm komische Blicke zu, sprachen nicht mit ihm und machten keine Witze mehr mit ihm. Dabei hatten sie ihn früher so gern gemocht.

Aber das Sonderbarste hörte ich am Freitag nach der Vorschlußrunde. Als der Kampf zwischen Elmer und Chubby vorüber war – er schlug Chubby acht und sieben –, weigerte sich Chubby Craig, ihm die Hand zu geben. Statt dessen, so sagten die anderen, schüttelte er auf merkwürdige Weise die Faust vor Elmers Gesicht, knurrte irgend etwas, drehte sich um und ging vom Grün. Deshalb meinte ich, es sei höchste Zeit, Elmer zu suchen und herauszubekommen, was da los war. Doch ich konnte ihn nirgendwo in der Nähe des Klubhauses finden. Ich machte mir allmählich Sorgen und ging in die Garderobe. Dort nahm ich zwei Schluck aus meiner Flasche. Na schön, vielleicht waren's auch vier. Jedenfalls dachte ich, als ich in meinen Wagen stieg, der hinter dem Klubhaus stand, es wäre vielleicht besser, nicht gleich zu fahren, sondern erst noch eine Weile sitzen zu bleiben und über die Dinge nachzudenken. Ich muß wohl eingeschlafen sein, denn als ich erwachte, war es dunkel. Meine Armbanduhr zeigte neun. Ich wollte gerade nach Hause fahren, als ich sah, wie sich eine Gestalt aus der Hintertür des Klubhauses schlich. An der Größe und einem Lichtschimmer auf gelbem Haar erkannte ich, daß es Elmer war. Im gleichen Augenblick kam plötzlich eine andere Gestalt den Weg herauf. Ich erkannte sie ebenfalls, wenn es auch dunkel war. Sie sagte: «Elmer, Lieber, ich habe dich gesucht. Was – was ist geschehen?»

Der Junge stand eine Weile im Dunkeln. «N-nichts, M-Mary.»

Langes Schweigen. Dann sprach Mary wieder mit leiser, klarer, fester Stimme: «Elmer, heute nachmittag, als der Kampf vorüber war, ging ich durch den Wald zum Wagen. Zwei der Golfspieler gingen genau vor mir. Ich weiß ihre Namen nicht, aber es waren zwei, die gespielt und Pech gehabt haben. Sie redeten über dich. Und sie sagten, du hättest betrogen.»

Wieder eine lange Pause, in der ich hörte, wie mein Herz ‹pong-pong-pong› machte . . .

«Ich ging auf die beiden zu und erklärte ihnen, wer ich bin. Der eine erwiderte: ‹Madam, es tut uns leid, aber es stimmt. Er hat es zugegeben. Wenn Sie's nicht glauben, fragen Sie ihn doch selbst.› Damit ließen sie mich stehen. Elmer – und nun frage ich dich: Ist das wahr?»

Ob ich gelauscht habe, um Elmers Antwort zu hören? Allerdings, darauf können Sie Gift nehmen. Es dauerte lange, bis sie kam. Endlich stotterte er: «M-M-Mary – du liebe Zeit, Mary . . . ich . . . ich kann gar nichts sagen . . . ich kann's nicht . . . ich kann's nicht . . .»

Jetzt war es heraus. Es schien Stunden zu dauern, ehe Mary mit kleiner, verletzter Stimme sagte: «Das . . . tut mir leid, Elmer. Ich glaube, das ist dann alles. Betrüger kann ich nicht ausstehen. Wenn du durch Betrug gewinnst, dann . . . dann sprich mich nie wieder an.»

Damit drehte sie sich um und rannte den Weg hinunter, und einen Augenblick später hörte ich, wie ein Wagen ansprang und davonfuhr. Elmer wartete, bis der letzte Laut verhallt war. Dann stöhnte er entsetzlich auf, wandte sich um und ging ins Klubhaus zurück. Ich war keine sechs Schritt hinter ihm.

Ich fand ihn in einer Ecke der dunklen Garderobe; dort hockte er, den Kopf in die Hände gestützt. Ich ließ mich neben ihm nieder, legte den Arm um seine Schulter und sagte: «Was ist denn los, Junge? Erzähl's mir doch, mach deinem Herzen Luft.»

Er schauderte ein paarmal und sagte schließlich: «Mr. Fowler, ich möchte nach Hause. Ich werde morgen nicht antreten. Ich will nur fort von hier. Sie können morgen bekanntgeben, daß ich nicht antrete. Ich will noch heute nacht weg, jetzt, sofort.»

Ich versuchte ihn aufzuheitern. Ich sagte: «Na, wissen Sie, Elmer, das können Sie doch nicht machen. Sie kommen großartig heraus. Sie brauchen nur dazubleiben und für die alte Firma Mallow zu kämpfen. Sie sind doch der einzige, der uns noch geblieben ist. Sie können jetzt einfach nicht wegfahren. Wenn Sie es trotzdem tun, verlieren Sie Ihren Vertrag bei uns, und schlimmer noch, Sie kriegen nirgends einen anderen, weil Sie als Drückeberger auf die schwarze Liste kommen.»

Er schüttelte den Kopf und stöhnte: «Das ist mir gleich. Ich will keinen anderen Vertrag. Ich will nur fort von hier.» Plötzlich hielt er inne, zögerte, und dann sprudelte es aus ihm hervor: «Mr. Fowler, ich habe etwas Entsetzliches getan. Ich – ich bin ein Hexer.»

Ich dachte, es läge noch an dem Schnaps, den ich getrunken hatte. «*Was* sind Sie?»

«Ein – ein Hexer, Mr. Fowler. Ich – ich habe betrogen. Ich habe sie verhext, Mr. Crobb und Mr. Rohm und auch Mr. Gliddy, wenn ich es auch nicht wollte, ehrlich, Mr. Fowler, ich wollte es nicht. Und wahrscheinlich habe ich Mr. Craig auch verhext, obwohl ich den nicht gebannt habe, aber es hörte einfach nicht auf. Ich muß hier weg, Mr. Fowler, ich muß. Können Sie das denn nicht verstehen?»

Es war kein Scherz. Er war ganz ruhig. Er war so sehr bei klarem Verstand, daß ihm Tränen in den Augen standen.

Ich sagte: «Hören Sie zu, mein Junge, nun erzählen Sie mir mal ganz genau, was los ist! Ich glaube nicht, daß Sie ein Betrüger sind, und ich glaube weder an Hexen noch an Hexer, und . . .»

«Ich habe es ja auch gar nicht gewollt, Mr. Fowler. Ich habe ja selber nicht daran geglaubt, aber ich war so verzweifelt. Ich mußte siegen. Mr. Crobb war so wild darauf, das Match zu gewinnen, und ich wäre aus dem Turnier geflogen, hätte meinen Vertrag verloren und obendrein Mary nicht heiraten können. Sonst hätte ich die Worte gar nicht gesagt. Ehrlich, Mr. Fowler, ich hätte sie bestimmt nicht gesagt.»

Ich merkte, daß es einige Zeit dauern würde, bis ich etwas aus ihm herausbekam, und fragte deshalb: «Was für Worte?»

«Die Worte aus dem Buch.»

«Hm. Und aus welchem Buch?»

«Aus dem Buch, das ich bei Mary gefunden habe. Ich habe nur mal hineingesehen. So ein altes. Sie haben dort eine Menge Sachen von vor der Revolution – Bilder und Pfeilspitzen und Gewehre und Bücher, in altem Englisch gedruckt; und da war eben auch dieses Buch, in das ich eines Abends hineinsah.»

«Und was war das für ein Buch?»

Es war schwierig, die Geschichte aus ihm herauszukriegen, weil er wirklich völlig fertig war. Doch schließlich stellte sich heraus, daß er ein altes Buch mit dem Titel *‹Über die Hexenplage in den Kolonien›* von Reverend Hallelujah Snite, gedruckt im Jahre 1699 zu Boston, gefunden und das Ding aus Neugier gelesen hatte. Dabei war er auf so etwas wie Wörter gestoßen, die laut Reverend Dr. Snite die Hexen im alten Salem benutzt hatten, um den Satan zu einem Techtelmechtel herbeizurufen. Ich konnte mir nur mühsam das Lachen verkneifen und bekam fast Bauchschmerzen davon.

«Und wie hießen die Wörter?»

«Muß ich es sagen?»

«Nun los! Ich gehöre selber dem Psi-Kappa-Psi-Bund an . . .»

Er schluckte ein paarmal und platzte schließlich mit einem Kauderwelsch heraus, das so ähnlich wie ‹Abrogath Ahrimanes Abaddon› klang. Dann blickte er sich verängstigt um, als erwartete er, den alten Mephistopheles mit den Worten «Stehe zu Diensten, Sir» aus einer Schwefelwolke hervortreten zu sehen.

«Und was passierte dann?»

«Nun ja, ich saß in der Klemme und war praktisch schon aus dem Turnier herausgeflogen, da fielen mir plötzlich diese Worte wieder ein. Ich glaubte eigentlich nicht daran, aber irgend etwas mußte ich ja tun, Mr. Fowler. Mr. Crobb konnte das Loch auf zwanzig Zentimeter kaum verfehlen. Also sagte ich sie.»

«Laut?»

«Oh, liebe Zeit, nein! Nur zu mir selbst.»

«Konnte der alte Archie Sie dabei sehen?»

«Nein, Sir. Ich stand hinter ihm, damit ich ihm nicht in die Schußlinie kam, und er konnte mich überhaupt nicht sehen . . .»

«Und Archie verfehlte das Loch! Bums!» Ich konnte nicht länger an mich halten und wieherte plötzlich los, daß der Umkleideraum wackelte. «Das ist die Entdeckung des Jahrhunderts, mein Junge! Diese Wörter müssen Sie mir unbedingt aufschreiben. Damit werde ich es dem lausigen J. Sears Hammett von der Fairgreen Company geben, wenn ich das nächste Mal eine Partie Nassau um fünf Dollar gegen ihn spiele.»

Doch der Junge lachte nicht. Er sagte: «Sie haben mich nicht verstanden, Mr. Fowler. Es ist kein Witz. Zuerst habe ich ja selber nicht daran geglaubt, aber als Mr. Rohm mich in der Falle hatte, sagte ich sie wieder, und Mr. Rohm schlug den Ball mit Eisen 10 bis ans Klubhaus und brauchte sieben. Und als ich gegen Mr. Gliddy spielte, werde ich sie wohl wieder gesagt haben, ohne es zu wissen, denn der Teufel brachte ihn dazu, daß er fünf Abschläge hintereinander nach links verzog; und inzwischen hatte ich solche Angst, daß ich mir schwor, die Worte nie wieder zu benutzen. Aber nun ist es zu spät, ich habe mich dem Satan verkauft. Als ich gegen Mr. Wilson spielte, habe ich nichts gesagt, aber der Teufel war trotzdem da. Er hielt Mr. Wilsons Putts dem Loch fern, und als ich ein Eisen 6 aus meiner Tasche zog, hörte ich ihn sagen: ‹Falscher Schläger, du Tölpel! Nimm ein Eisen 7. Spiel den Ball hoch von rechts nach links. Siehst du den Wind in den Baumwipfeln nicht?› Ich habe ihn beschworen, Mr. Fowler, und nun werde ich ihn nicht wieder los. Wenn ich es nur einmal getan hätte, vielleicht hätte er's dann nur für eine Demonstration gehalten und mir keine Rechnung geschickt. Aber er scheint es besonders gut mit mir zu meinen, er machte sogar Überstunden. Ich bringe es einfach nicht fertig, einen schlechten

Schlag zu tun. Und mein Mädchen habe ich seinetwegen auch verloren.»

Ich sagte: «Hören Sie zu, Sie kleiner Trottel! Diese Burschen hätten ihre Schläge in jedem Fall verpatzt. Haben Sie noch nie versucht, den Ball auf zwanzig Zentimeter einzulochen, und dann erlebt, daß er draußen blieb? Oder plötzlich Würstchen statt der Finger gehabt, so daß Ihnen das Spiel durch die Lappen ging? Das ist doch alles großer Blödsinn! Aber wenn es Ihnen nützt und Sie zu der Überzeugung bringt, daß Sie diese Kerle schlagen können, was zum Teufel ist dann dabei? Und im übrigen wissen sie nichts davon, also . . .»

«Das ist ja das Schlimme, Mr. Fowler, sie wissen es!»

«Was? Wie sind sie dann dahintergekommen?»

«Ich . . . ich hab's ihnen selbst gesagt, Mr. Fowler – gestern, ehe ich gegen Mr. Craig spielte.»

«Was haben Sie getan? Oh, Sie Hornoch–»

Anscheinend war der Junge, der aus seiner Kindheit auf der Farm wußte, daß Beelzebub solche Arbeit nicht umsonst macht, so verängstigt und unsicher, ob er nun wirklich mit dem Teufel im Bunde stand und gezaubert hatte, daß er den alten Crobb fragte, ob er beim Einputten etwas gefühlt habe. Und der alte Bursche hatte natürlich erwidert: «Ja. Warum?» Ha! Zeigen Sie mir den Golfspieler, der nicht nach einer Ausrede sucht. Der arme Trottel hatte es ihm erzählt, und natürlich hatte Crobb geknurrt: «Ah, ich habe deutlich gespürt, wie mich etwas am Ellbogen stieß. So einen kinderleichten Schlag wie den habe ich seit dreißig Jahren nicht mehr verfehlt.» Und nun fiel Rohm ein und sagte, als er mit Eisen 10 vorbeigeschlagen habe, sei es genauso gewesen, als hätte ein anderer den Schläger geschwungen. Und Gliddy erinnerte sich ganz genau, daß er auf dem siebzehnten kurzgeschnittenen *fairway* gesagt hatte: «Dieser verdammte Driver muß verhext sein.» Und Crabby Wilson hatte erklärt: «Ha! Kein Wunder, daß ich den ganzen Tag nicht einputten konnte.» Und dann waren sie alle auf ihn losgefahren, hatten ihn des

Betrugs beschuldigt und behauptet, er habe sie mit dem bösen Blick behext und durch sein Verhalten gezeigt, daß er der Mitgliedschaft in der Vereinigung der Berufsgolfer unwürdig sei. Das Match, bei dem Chubby Craig den ganzen Tag nach links verzog, hatte dann das Übrige getan.

«Jetzt sind sie im Grillroom und beraten, Mr. Fowler», schloß Elmer. «Sie werden mich sowieso ausschließen. Lassen Sie mich nach Osceola zurückfahren, Mr. Fowler. Ich kann nicht weiterspielen. Satan ist in meine Golftasche gekrochen. Es bleibt mir nichts anderes übrig, als sie an den Nagel zu hängen.»

Ich sagte: «Hören Sie mal zu, mein Junge. Sie bleiben hier, bis ich zurückkomme. Ich gehe jetzt in die Sitzung. Auf so eine Tour werden diese Haifische keinen meiner Leute aus einem Turnier drücken. Und Sie tun, was ich Ihnen sage, verstanden?»

Ich stürmte in den Grillroom. Und ich kam gerade richtig. Eine größere Anzahl der Profis saß dort zusammen, und Archie Crobb sagte gerade: «Alle, die dafür sind, Elmer Brown auszuschließen und für dieses Finale zu disqualifizieren, sagen . . .», als ich durch die Tür kam und den Satz zu Ende sprach: «Sagen *was?* Sind Sie alle verrückt geworden? Was ist denn los mit Brown? Könnt Ihr Vögel denn keine Niederlage einstecken, ohne zu jammern?»

Crabby Wilson erwiderte: «Das können wir schon, wenn sie gerecht ist.» Und Nelson Rohm brüllte: «Was haben Sie hier zu suchen, Fowler? Hier wird eine geschlossene Sitzung abgehalten. Sie gehören hier nicht her.»

Ich sagte: «Mag sein, aber ich lasse es nicht zu, daß Ihr einen meiner Jungs für nichts und wieder nichts überfahrt.»

«Für nichts und wieder nichts!» brüllte Crabby Wilson. «Er hat mir Pech angehext! Jedesmal, wenn ich einlochen wollte, fingen meine Augen so an zu tränen, daß ich den Ball nicht mehr sehen konnte.»

«Er hat ja selber zugegeben, daß er den Teufel angerufen hat», sagte Crobb. «Der Kerl ist ein Hexer. Einen so kurzen Schlag zum Einlochen habe ich seit dreißig Jahren nicht mehr . . .»

Ich sagte: «Sie sind ein Narr, Crobb! Es gibt überhaupt keine männlichen Hexen.»

«Meinetwegen, dann nennen Sie ihn einen Zauberer; das ist dasselbe.»

«Ich gebe zu, daß er ein Zauberer ist – wie er Ihnen da gleich drei Löcher voraus war, als Sie die Nerven verloren und Mist machten.»

«Und was sagen Sie dazu, daß er mir erklärte, er habe mich verzaubert, ehe ich diesen Schuß auf dem Achtzehnten verpatzte? Der Ball flog zum Klubhaus hinauf, oder etwa nicht?» sagte Nelson Rohm.

«Ja», sagte ich. «Er hat es Ihnen übrigens erst hinterher gesagt. Ich nehme an, Sie haben in Ihrem ganzen Leben noch nie ein Grün verfehlt. Natürlich, der Junge ist ein bißchen verrückt wie Sie alle, aber . . .»

Hier fiel Angus MacDonough ein: «Kein Mensch hat das Recht, bei einem Golfmatch mit Gespenstern anzufangen. Ich will nichts mit ihm zu tun haben. Er hat den Teufel in seiner Golftasche.»

Ich sagte: «Okay. Machen Sie, was Sie wollen. Aber ich werde jetzt ein paar Golfjournalisten auftreiben und ihnen von einem Haufen erwachsener Männer erzählen, die von einem grünen Jungen geschlagen wurden und sich zu ihrer Entschuldigung eine Hexengeschichte ausdachten.»

Ich dachte, das würde genügen. Und es genügte auch. Ein paar vernünftige Männer, die auf der Sitzung waren, beredeten die Sache noch einmal und kamen überein, nichts zu unternehmen und das Turnier fortzusetzen.

«Aber sagen Sie dem jungen Mann, daß ich nicht verhext werden will», mahnte Angus MacDonough. «Sobald ich auch nur das geringste spüre, verhexe ich ihn mit einem Eisen 10.»

Ich ging in die Garderobe zurück, fand Elmer und sagte:

«Und nun, mein Junge, schlagen Sie sich am besten den ganzen Unsinn aus dem Kopf. Die Sitzung ging um das Turnier im nächsten Jahr. Sie fahren jetzt mit mir nach Hause, schlafen sich aus, und morgen werden Sie für die gute alte Firma Mallow ihrem Gegner Angus die Ohren lang ziehen.»

Er schüttelte den Kopf. «Ach, was hat das jetzt noch für einen Sinn, Mr. Fowler? Ich will den Vertrag gar nicht mehr. Ich habe Mary verloren. Sie denkt, was alle anderen auch denken: daß ich ein Betrüger bin.»

Ich redete ihm erst einmal die Flucht aus und hielt ihm dann eine Standpauke von zehn Minuten, für die mich jeder Footballtrainer hoch bezahlt hätte. Zum Schluß sagte ich: «Sie dürfen sich durch diese Sache nicht so verwirren lassen. Gehen Sie auf den Platz und beweisen Sie den anderen, daß Sie sie schlagen können . . .»

Plötzlich unterbrach er mich. Irgendeine Veränderung schien in ihm vorgegangen zu sein. Er sprang auf und rief: «Ich werde es tun, Mr. Fowler! Und ob ich's tun werde! Ich schaffe es. Ich werde es tun. *Ich weiß auch wie*.»

Ich nahm ihn mit nach Hause. Ich war vergnügt wie lange nicht. Mallow würde einen neuen Meister unter Vertrag haben. Ich wäre allerdings nicht so zufrieden gewesen, wenn ich gewußt hätte, was der Junge wirklich gemeint hatte . . .

Am nächsten Morgen fuhren wir also hinaus, um das Finale gegen Angus MacDonough zu spielen. Ich trug selber Elmers Golftasche. Ja, tatsächlich, ich mußte den Caddie für ihn machen. Elmers Golfjunge, ein riesiger Neger aus Mobile namens Four Toes, hielt mich draußen am Caddie-Schuppen an; er wollte fort, zurück in seine Heimat im Süden. Er sagte: «Sie müssen mich entschuldigen, Mistuh Fowler. Ich will diese Tasche nicht mehr tragen. Der Deibel ist hineingekrochen. Das sagen alle. Jedesmal, wenn ich Mistuh Brown einen Schläger reiche, sagt ihm der Deibel, er soll einen andern nehmen. Ich habe die Stimme gehört und den Rauch gesehen, der aus der Tasche kam. Nein, Mistuh Fowler! Ich fasse sie nicht mehr an.» Da alle anderen Caddies bereits verschwunden waren, nahm ich Elmers Schläger und trug sie zum ersten Abschlag. Elmer bemerkte nicht einmal, daß ich die Tasche für ihn trug. Er schien in irgendwelche Gedanken verstrickt. Angus kehrte ihm den Rücken, und das gleiche tat sein Caddie, der kein anderer war als Dutch Steubner, ein Profi, der unter Vertrag bei Fairgreen stand. Die Hexengeschichte hatte alle Caddies so verängstigt, daß sie sich nicht mehr in Elmers Nähe wagten. Nur gut, daß keine berühmten Golfjournalisten bei diesem Turnier waren; sie hätten sonst eine Menge Fragen gestellt. Aber einige der gewitzten Burschen aus Boston waren gekommen; sie schnüffelten überall herum und versuchten, Näheres über die Gerüchte herauszukriegen, die sie gehört hatten. Ich mußte ihnen eine Lüge nach der anderen aufbinden. Daß Angus MacDonough es hartnäckig vermied, seinen Gegner anzusehen oder mit ihm zu sprechen, war nichts Ungewöhnliches, weil er in dem Ruf stand, ein unangenehmer Bursche zu sein, wenn es um ein Wettspiel ging; aber ich fragte mich doch, ob die Reporter nicht die verstohlenen Zeichen bemerkten, die er und Dutch Steubner und all die anderen Golfspieler, die zusahen, jedesmal machten, wenn Elmer sie nur anblickte – Sie wissen: geballte Faust, Daumen und kleiner Finger hochgestreckt, oder Xe und Kreise in der Luft.

Ich war froh, als wir anfingen. Ich wollte es hinter mich bringen. Als Zuschauer gingen ungefähr tausend Leute mit, und sie müssen gespürt haben, daß etwas in der Luft lag; jedenfalls waren sie ungewöhnlich schweigsam, als sie uns nachkamen. Sie verfolgten zwei herrliche Drives, die weit auf den *fairway* gingen: der von Elmer etwa vierzig Meter weiter als der von Angus. Angus spielte mit einem Eisen 4 aufs Grün, keine vier Meter von der Flagge. Elmer zog ein Eisen 7 heraus. Ich sagte: «Nehmen Sie doch die Sechs. Vor dem Grün geht's bergan. Schaffen Sie's nicht, ist der Ball tot.»

Und wissen Sie, was der verrückte Kerl tat? Er hielt sich die Ohren zu und sagte: «Tritt hinter mich, Caddie.» Ich begriff.

Er meinte: ‹Weiche von mir, Satan!› Dann schlug er eine vollendete Sieben. Nur daß er, wie gesagt, eigentlich eine Sechs hätte nehmen müssen. Der Ball schlug vor dem Grün auf, zögerte und rollte den Hang wieder herunter. Sein Annäherungsschlag kam weit von Angus' Ball zum Stoppen. Elmer mußte als erster einlochen und brachte den Ball dreißig Zentimeter ans Loch heran, so daß ihm eine Fünf sicher gewesen wäre. Nun war Angus an der Reihe, einzulochen. Er brauchte lange Zeit, ehe er sich entschloß, und dann schlug er so, daß es auf keinen Fall etwas werden konnte. Ich habe nie einen schlechteren Schlag auf dem Grün gesehen. Er mußte zu hart geschlagen haben. Der Ball rollte über zwei Meter links am Loch vorbei. Angus starrte, als könnte er's nicht glauben. Dann drehte er sich wütend zu Elmer um. Doch ehe er etwas sagen konnte, ging Elmer zu Angus' Ball, schlug ihn mit einem ‹Geschenkt› weg und schlenderte vom Grün. Aus der Menge erhob sich ein erstauntes Murmeln.

Ich sagte: «Zum Teufel, warum haben Sie das getan, Sie Trottel? Er hätte beim nächsten Putt wieder vorbeigeschlagen, und dann hätten Sie das Loch teilen können. Nun liegen Sie eins down.»

«Nein, das stimmt nicht», sagte Elmer sanft, «das stimmt nicht. Ich habe einen Punkt gewonnen – gegen den Burschen, den Sie eben erwähnt haben. Und den will ich hier schlagen.»

Das hatte er also vor! Und so wurde es denn auch. Als ich ihn am Ende der ersten achtzehn Löcher ins Klubhaus brachte, lag er genau vierzehn down. Er schlug zu tief, er schlug zu hoch, er verschenkte Putts, und er bekam Strafpunkte. Die Zuschauer waren gereizt wie junge Hunde. Sie murrten und drohten, ihr Geld zurückzuverlangen oder sich bei den Veranstaltern zu beschweren, aber Angus freute sich kaputt und die anderen Profis genauso. Sie taten, als wäre es ihr Verdienst. Die Burschen von der Zeitung stürmten auf mich ein und fragten: «Was macht der Kerl, will er den Kampf schmeißen? Was steckt dahinter?» Und ich schrie: «Ach, laßt uns in Frieden! Habt ihr noch nie einen Jungen in einer Pechsträhne gesehen? Nach dem Mittagessen wird er wieder in Ordnung sein.» Natürlich war das Quatsch. Es war alles aus. Ich hätte Elmer umbringen können, nur daß er jetzt zum erstenmal, seit das alles angefangen hatte, einigermaßen glücklich zu sein schien und ihm die Furcht nicht mehr im Gesicht stand. Ich ließ ihn im Grillroom zurück, wo er in einer Ecke stand und ein Glas Milch trank, und ging hinaus. Mir war zu schlecht, als daß ich hätte essen können. Vor dem Klubhaus standen ein paar Mitglieder der Turnierleitung, und ich hörte, wie sie darüber sprachen, daß sie vor dem Abschlag nach der Mittagspause eine Sitzung einberufen wollten. Es blieb ihnen gar nichts anderes übrig, da alle meckerten. Ich ging am Rand des sechsten *fairway* entlang durch den Wald, um mich zu beruhigen. Ich hatte nicht mal Lust, einen Schluck zu trinken. Ich grub die Hände in die Taschen und trat gegen alles, was mir vor die Füße kam.

So geschah es, daß ich den Glückselefanten aus der Tasche zog, den ich nach einer Weile dort fühlte – hart und komisch geformt. Ich sagte: «Du bist ein verdammt feines Maskottchen, wirklich! Du sollst doch Glück bringen, nicht wahr? Dabei bist du nichts als ein Unglücksbringer. Und jetzt verschwinde!» Damit wirbelte ich ihn wie ein Baseballwerfer durch die Luft und warf ihn so gut und weit, wie ich konnte, ins Gebüsch.

Im gleichen Augenblick hörte ich jemand nach Luft schnappen und «Au!» sagen. Ich lief um das Gebüsch herum, um mich bei dem zu entschuldigen, den ich getroffen hatte. Ja, Sie haben richtig geraten. Es war Mary Summers. Sie saß auf einem Baumstamm. Ihr Gesicht war von Tränen verschmiert. Der Elefant lag zu ihren Füßen.

Ich sagte: «Liebe Zeit, Mary, das tut mir leid. Wo sind Sie denn gewesen? Ich hätte Sie gern gesprochen. Elmer . . .»

Sie fing wieder an zu weinen. «O Bill, ich komme mir so erbärmlich vor. Ich habe Elmer Betrug vorgeworfen und bin weggelaufen, ohne ihm die Möglichkeit zu geben, sich zu verteidigen. Mir ist ganz gleich, was er getan hat. Ich liebe ihn. Er ist kein Betrüger. Ich habe mit angesehen, was er heute morgen getan hat, und statt ihm zu helfen, habe ich . . . O Bill . . .»

So erzählte ich ihr die ganze Geschichte von Anfang an. Manchmal lachte sie, doch unter Tränen und voller Zärtlichkeit, und manchmal weinte sie und machte mit ihren Armen kleine Bewegungen, als umarme sie den abwesenden Elmer. Ich schloß: «Der arme Junge hat den Verstand verloren. Er glaubt, er habe eine Sünde begangen, als er diese Wörter sagte, und müsse nun dafür büßen, indem er das Match schmeißt, damit der alte Sauertopf Angus gewinnt. Dadurch will er dem Teufel eins auswischen, auch wenn es ihn den Vertrag und die Möglichkeit kostet, Sie zu heiraten. Und Angus, der alte Bock, tut so, als wäre es sein Verdienst, und die anderen Profis stacheln ihn an, weil sie glauben, wenn sie Elmer alles in die Schuhe schieben, hätten sie eine Ausrede für ihr lausiges Abschneiden. Die Reporter sind der Sache schon auf der Spur, auch wenn sie bisher noch nicht dahintergekommen sind; aber wenn es herauskommt, ist der Junge ruiniert. Die Veranstalter berufen eine Sitzung im Büro des Klubhauses vor dem Nachmittagsbeginn ein. Vielleicht disqualifizieren sie ihn dann gleich. Ich weiß es nicht. Es ist ein entsetzliches Durcheinander.»

Das Mädchen tat einen tiefen Seufzer und reckte sich. Liebe Zeit, was war sie für ein reizender Anblick mit ihren leuchtenden blauen Augen. Sie sagte: «Bill – Bill – wir müssen etwas unternehmen. Sofort!»

«Ich weiß, aber was? Vielleicht ist es schon zu spät.»

Plötzlich starrte sie auf meinen Elefanten zu ihren Füßen. Sie sagte: «Bill, was ist das?»

Ich antwortete: «Das ist mein Elefant. Ich trage ihn in der Tasche mit mir herum.»

«Wozu?»

«Als Glücksbringer. Aber er hat mir nur Pech gebracht, deshalb habe ich ihn weggeworfen.»

Sie hob ihn auf, betrachtete ihn einen Augenblick und gab ihn mir zurück. Sie hatte einen sonderbaren Zug im Gesicht. «Stecken Sie ihn wieder ein, Bill! Vielleicht stellt sich heraus, daß er der beste Freund ist, den Sie oder ich jemals hatten.» Sie warf einen Blick auf die Uhr und stieß einen kleinen Schrei aus. «Oh! Es ist nicht mehr viel Zeit. Beeilen Sie sich, Bill! Gehen Sie zu der Sitzung. Sorgen Sie dafür, daß die Leute nicht weggehen. Tun Sie alles, um sie aufzuhalten. Ich werde um Punkt zwei Uhr dasein.» Damit rannte sie wie ein Rehkitz durch den Wald.

Ich ging so schnell ich konnte zum Klubhaus zurück. Der erste Nachmittags-Abschlag war auf zwei Uhr fünfzehn festgesetzt. Für zehn Minuten vor zwei war die Sitzung von den Veranstaltern einberufen. An ihr nahmen Elmer und ich, Angus und Dutch und all die Profis teil, die Elmer geschlagen hatte, und noch ein halbes Dutzend andere. Der alte Bill Wattley, der Turnierleiter, vergeudete keine Zeit. Er kochte vor Wut. Er gab's dem armen Elmer und erklärte, das, was der Junge heute morgen getan habe, sei eine Schande für den ganzen Berufsgolfsport. Die Leute hätten gutes Geld dafür gezahlt, ein anständiges Match zu sehen. Dem alten Angus gab er es auch, ebenso den anderen Profis. Er sagte, er hätte eine Menge alberner Geschichten gehört und wolle jetzt auf der Stelle der Wahrheit auf den Grund gehen, damit er entscheiden könne, was zu tun sei. Niemand wollte als erster sprechen, denn nun, da alles in einer Sitzung ans Tageslicht gezogen werden sollte, schämten sie sich vermutlich ein wenig. Doch schließlich meldete sich der alte Archie Crobb und sagte: «Meester Wattley, es ist nur recht und billig, wenn er wiedergutmacht, was er mit seinem Hokuspokus angerichtet hat. Er hat zugegeben, daß er sich mit Gespenstern, Beelzebub und Geistern aus der Grube eingelassen hat. Ich habe in dreißig Jahren noch nie einen so kurzen Schlag verfehlt . . .»

Elmer stand plötzlich auf, groß, schlaksig und elend, und unterbrach ihn: «Ach, liebe Zeit, Mr. Wattley, lassen Sie mich ausscheiden und hier verschwinden. Es ist mir gleich, was dann über mich gesagt wird. Mr. Crobb hat recht. Ich habe den Sieg nicht verdient. Ich . . .»

«Doch, Elmer, du hast ihn verdient», sagte Mary Summers. Sie hatte die Tür geöffnet und war ganz ruhig hereingekommen. Es war genau zwei Uhr. Sie hatte ein Buch unter dem Arm und warf es auf den Tisch. Es war alt und vergilbt, und von meinem Platz aus konnte ich erkennen, daß es die Abhandlung von Reverend Hallelujah Snite war. Alle, auch Elmer, starrten darauf, als wäre es eine Giftschlange.

«O doch, Elmer, du hast den Sieg verdient», wiederholte Mary. Dann blickte sie kühl über die Anwesenden, ein wenig so, als ob es Insekten wären. «Ich kenne die ganze alberne Geschichte. Sie alle, meine Herren, die Sie so rechtschaffen sind, haben Sie vielleicht schon einmal den Satz gehört: ‹Wer unter euch ohne Sünde ist, der werfe den ersten Stein›?»

Das Summen einer Fliege an der Fensterscheibe klang wie das Sausen eines Sturzkampfbombers – so still war es geworden.

«Mr. Crobb», sagte Mary Summers, «drehen Sie Ihre Taschen um!»

Niemand rührte sich. «Wa . . . was haben Sie gesagt, mein Fräulein?» sagte der alte Crobb.

«Ich sagte: drehen Sie Ihre Taschen um, Mr. Crobb. Legen Sie alles, was Sie haben, dort auf den Tisch. Los!»

Und bei Gott, der alte Crobb tat's! Er war hypnotisiert. Seine Hände kamen aus den Taschen, mit Plunder gefüllt, den er auf den Tisch legte – ein paar Rechnungen, Münzen, eine kleine Rolle Bindfaden, Taschenmesser und dann ein kleiner, in Silber gefaßter Kaninchenfuß.

«Und nun Sie, Mr. Wilson», rief Mary, «und Sie . . . und Sie . . . und Sie . . . Sie alle. Heraus damit!»

Bei Gott, sie waren *alle* hypnotisiert. Sogar ich selber

drehte, ehe ich's mich versah, die Taschen um. Und dann stand Mary am Tisch, suchte aus jedem Haufen bestimmte Gegenstände heraus und fegte sie zur Mitte: den Kaninchenfuß, durchbohrte Münzen, Katzenaugen, ein Stück Heidekraut in einem Medaillon, eingerahmte vierblättrige Kleeblätter, Miniaturhufeisen, kleine vollgeknüpfte Aucassins und Nicoletes, ein oder zwei seltsam geformte Steine, Stücke geschnitzten Holzes, einen kleinen silbernen Teufel auf einem Ring, Würfelpaare, Medaillen, geschnitzte Elefanten, ein Stück Jade und ein silbernes Ferkel.

Sie deutete auf den Haufen. «Wie nennen Sie diese Dinge?» fragte sie.

Alle grinsten dämlich, und Archie Crobb sagte: «Äh, Fräulein, was ist denn gegen ein Maskottchen einzuwenden?»

«Dagegen einzuwenden? Wissen Sie, woher das Wort Maskotte kommt?» fragte Mary Summers. «Im Altfranzösischen bedeutete das Wort ‹masco› Hexe oder Zauberin. Sie sind also alle dran, jeder einzelne von Ihnen. Nicht ein einziger von Ihnen, der nicht einen Talisman bei sich trägt, weil jeder glaubt, damit dem anderen überlegen zu sein – mit einem Vorsprung, einem Bann, einem Glückszauber, mit irgend etwas Übernatürlichem. Und da wagen Sie, über Elmer herzufallen? Sie sollten sich schämen, alle miteinander. Dieses Buch da, vor dem Sie sich so fürchten ...» sie schlug es ärgerlich auf, «wissen Sie überhaupt, was das ist? Es stammt von einem halbverrückten, abergläubischen Einfaltspinsel und berichtet von einer Horde harmloser, unschuldiger alter Frauen, die ertränkt, gesteinigt und gehängt wurden – nicht mehr als fünf Meilen von hier entfernt, in Salem –, zur ewigen Schande für diese Stadt und als Mahnung für die Unwissenden und Dummen. Wissen Sie, was das für ein Zauber ist, der tapfere Männer wie Sie so sehr in Entsetzen gestürzt hat, daß sie keinen kleinen Golfball mehr treffen? Da steht es. Eine Schar armer, unwissender, schwärmerischer Weiber benutzte es, um die Milch sauer werden zu lassen. Aber bis jetzt ist noch nichts anderes sauer geworden als Ihre Gemütsverfassung. Da, lesen Sie und sehen Sie selbst, ob es auch nur um einen Deut schlimmer ist als diese Sammlung von lächerlichem Plunder, den Sie heute, im Jahre 1942, mit sich herumtragen, um Gespenster zu verscheuchen. Erwachsene Männer, Sie alle miteinander. Nun, ich denke, niemand hat mehr das Recht, einem anderen etwas vorzuwerfen. Stecken Sie diese scheußlichen Sachen wieder in Ihre Taschen und versuchen Sie, sich wie Männer und nicht wie ein Haufen aufgescheuchter alter Weiber zu benehmen. Elmer Brown, du gehst jetzt hinaus und spielst Golf, wie es sich für einen Mann gehört, draußen im Wald, wo alles frisch und lieblich und sauber ist. Und ... und ...» sie hielt inne, und ihre Unterlippe fing plötzlich an zu zittern, «und ... mir ist es ganz gleich, ob du gewinnst oder verlierst, ich werde dich heiraten, weil ich dich liebe, und es macht mir gar nichts, wenn wir v-v-v-verhungern ... Oh, Elllllmer!»

Sie lag ihm in den Armen, tränenüberströmt, und alle Profis standen um sie herum, streichelten ihr die Schulter, entschuldigten sich und versuchten, sich bei Elmer anzubiedern, und Mary küßte Elmer, als ob niemand in der Nähe wäre, und Elmer hob plötzlich die Arme, ballte die Fäuste und schrie: «Ich habe gesiegt! Ich habe gesiegt! Ich habe es überstanden. Und nun werde ich auch Sie schaffen, Angus MacDonough. Kommen Sie mit hinaus auf die Bahn, und nehmen Sie's hin ...»

Hu! Ich bin froh, daß ich Ihnen diese letzten achtzehn Loch nicht zu beschreiben brauche. Sie haben ja darüber gelesen. Man nannte es das größte Comeback in der Geschichte des Golfs. Und dabei spielte auch dieser Angus, daß es nur so eine Art hatte. Bei dem erlebte man nicht, daß er etwas verschenkte. Aber Golf, wie Elmer es spielte, hatte die Welt noch nicht gesehen. Bisher hatte er noch nie einen Ball so hart geschlagen, wie er konnte, da er seine eigene Kraft und Größe fürchtete. Doch nun hatte er sich ganz in der Gewalt. Als die Einheiten für diesen Platz festgesetzt worden waren, hatte bestimmt niemand an Golf gedacht, wie Elmer es spielte. Er machte einfach Dreier aus den Vierern und Vierer aus den Fünfern.

Als sie anfingen, waren nicht mehr als fünfzig Leute am Abschlag, doch als wir den neunten Abschlag erreichten, waren es sicherlich zweitausend, die uns auf den Fersen folgten, denn Elmer hatte so viel aufgeholt, daß er jetzt nur noch sieben down lag. Selbst die Köche und Kellner kamen aus der Küche, um sich dieses Wunder anzusehen. Als ich Elmers Tasche vom neunten Grün zum zehnten Abschlag am Klubhaus vorbeischleppte, reichte mir ein Postbote ein Telegramm von A. R. Mallow, der sich den Kampf im Radio angehört haben mußte. Es lautete:

Hoffe Sie haben nicht den Fehler gemacht Brown aus unserm Vertrag zu entlassen Stop Wenn er gewinnt erhöhen Honorar zwölfhundert jährlich Stop A. R.

Ich den Fehler gemacht! Das sah A. R. ähnlich.

Sie haben sicherlich gelesen, wie Elmer das Match auf dem siebzehnten Grün unter dem wildesten Beifall, den ich je gehört habe, zum Gleichstand brachte und dann auf dem achtzehnten stolperte, so daß Angus dieselbe Anzahl von Schlägen erreichte. Dann geriet Angus auf dem neunzehnten Grün in Schwierigkeiten, so daß er das Vorgrün erst mit drei Schlägen erreichte, während Elmer es mit zweien schaffte, dann jedoch einen häßlichen, welligen Putt über drei Meter hangabwärts vor sich hatte. Angus rollte seinen Ball mit dem vierten Schlag ins Loch, und die Menge klatschte heftig. Wenn Elmer das Loch mit vier sorgfältigen, sicheren Schlägen erreichte, blieb das Match noch für ein weiteres Loch offen. Schaffte er's mit dreien, hatte er gewonnen. Aber er mußte hangabwärts einlochen, und verfehlte er, würde der Ball weiterrollen und ihn, wenn er den nächsten Putt wieder verfehlte, Match und Meisterschaft kosten.

Elmer kniete nieder und studierte die Schlaglinie. Er studierte sie von jeder Seite, inspizierte jeden Grashalm auf der Bahn bis zum Loch. Alle merkten, daß er vorhatte, Cup und Match zu gewinnen.

Er beugte sich über den Schläger und wartete, bis sich seine Nerven beruhigt hatten. Und da sah ich den Alten Angus MacDonough etwas Komisches tun; er suchte in seinen Taschen und zog ein kleines Stück Papier heraus, las es aufmerksam, starrte auf Elmers Rücken und bewegte die Lippen; dann blickte er abermals auf das Papier. Elmer mußte das aus dem Augenwinkel ebenfalls beobachtet haben, denn er richtete sich plötzlich auf und grinste.

Dann sagte er: «Die Worte, Mr. MacDonough, lauten: ‹Abrogath Ahrimanes Abaddon›, aber sie nützen nicht das geringste, wenn man nicht Golf spielen kann. Und nun passen Sie auf!»

Er bückte sich und puttete. Ich schloß die Augen. Dann hörte ich ein sanftes *bong,* als der Ball ins Loch fiel, und alles schrie und kreischte und tanzte. Und mitten in diesem Freudentaumel befand sich Mary Summers und hatte die Arme um den Hals des großen dummen Elmer gelegt . . .

Junge, Junge, habe ich meinen kleinen alten Glückselefanten geküßt! Wäre es nicht ein Jammer gewesen, wenn ich ihn zu Haus gelassen hätte?

Die verzauberte Puppe

Heute ist es auf den Tag drei Jahre her, daß ich die seltsame und bezaubernde Puppe im Fenster von Jim Carters Papier- und Spielwarengeschäft in der Nähe der Abbey Lane sah, eben um die Ecke von meiner Praxis, an deren Tür die Messingplatte mit den schwarzen Buchstaben STEPHEN AMONY, M. D. hängt.

Mir ist, als müßte ich versuchen, einen Bericht über die Dinge zu Papier zu bringen, die sich aus dieser Begegnung ergaben, wenn es auch, wie ich fürchte, eine recht unbeholfen erzählte Geschichte werden wird; denn ich bin kein Schriftsteller, sondern Arzt.

Ich erinnere mich noch genau, wie es an jenem Tag war, die Herbstsonne schien über der Themse und mischte sich mit dem leichten Kohlenrauch von den Schiffen auf dem Fluß und mit den Straßengerüchen jenes Armenviertels. Am Stand des Blumenhändlers an der Ecke leuchteten bunt die Dahlien, Astern und Chrysanthemen, und in der Nähe spielte ein Leierkasten ‹*Some Enchanted Evening*›.

Als ich um die Ecke bog und zu dem Spielwarengeschäft kam, fiel mir wieder einmal die armselige Kollektion von Spielzeug in dem staubigen Fenster auf, und im gleichen Augenblick erinnerte ich mich des bevorstehenden Geburtstages meiner Nichte. So blieb ich stehen und betrachtete die Auslagen, um zu sehen, ob ich dort vielleicht etwas Passendes fände. Aber es waren lauter reizlose Dinge: eine rote Feuerwehrspritze, schlecht gemachte Bleisoldaten, billige Kricketbälle und Schläger und Beinschienen, dazwischen, in wirrem Durcheinander, Schachteln mit grellbunten Süßigkeiten, Tintenflaschen, Federhalter, Bleistifte, rauhes Schreibpapier, broschierte Romane und Comics.

Schließlich blieb mein Blick auf einer Puppe haften, die versteckt in einer Ecke stand. Sie war von den Dingen um sie herum halb verdeckt und durch den Schmutz, der sich in Jahrzehnten auf Jims Fenster angesammelt hatte, kaum noch zu sehen. Ich konnte jedoch erkennen, daß es eine Flickenpuppe war und daß sie ein gemaltes Gesicht besaß – ein kleines Mädchen mit dem seltsamsten, zärtlichsten, bezauberndsten und gewinnendsten Ausdruck.

Ich konnte sie wegen der Schmutzschicht auf der Schaufensterscheibe nicht ganz genau erkennen, doch war ich mir des starken Eindrucks bewußt, den sie auf mich gemacht hatte, und wurde gewahr, daß so etwas wie ein Kontakt zwischen uns hergestellt worden war, fast so, als hätte sie mich angerufen. Es war, als wäre ich einem Menschen begegnet – wie es einem manchmal mit einem reizenden Mädchen oder mit einem Fremden in einem überfüllten Raum geht, dessen Persönlichkeit einen starken Eindruck auf einen macht und in einem fortwirkt.

Ich betrat das Geschäft. Auf Jims Gruß: «Guten Morgen, Doc, was kann ich für Sie tun? Der Tabak schon wieder zu Ende?» erwiderte ich: «Zeigen Sie mir doch mal die Flickenpuppe, die da in der Ecke neben den Rollschuhen steht. Ich muß einer Nichte ein Geschenk machen . . .»

Jims Brauen schoben sich die kahle Stirn hinauf, und er kam um den Ladentisch gerannt, daß die Schöße seiner schäbigen Jacke nur so flogen. «Die Puppe?» sagte er. «Die kostet nicht ganz wenig, wahrscheinlich mehr, als Sie ausgeben wollen. Eine Spezialanfertigung.»

Trotzdem nahm er sie aus dem Fenster und gab sie mir in die Hand; und da erhielt ich den zweiten Schock, denn sie besaß eine höchst verwunderliche und wunderbare Eigenschaft. Sie war kaum dreißig Zentimeter groß, aber sie fühlte sich so geschmeidig und lebendig an, als seien unter den Kleidern statt der Lumpenfüllung Fleisch und Knochen.

Sie war wirklich, wie Jim sagte, Handarbeit, und ihr Schöpfer hatte sie mit unglaublich lebensnahen Zügen und einer so lebendigen Anmut ausgestattet, daß mich das merkwürdige Gefühl überkam, ich hätte es mit einem leibhaftigen Menschen zu tun. Aber da war noch etwas anderes. Kann man von einer Puppe behaupten, daß in ihren Proportionen, in der Länge der Beine, der Form des Kopfes, dem Schwung des Rockes über ihren Hüften so etwas wie Sex-Appeal liegt? War es möglich, daß in die Säume, die die Konturen der kleinen Gestalt markierten, Gefühl mit hineingenäht worden war? Sie in der Hand zu halten, bedeutete, etwas Warmes, Geheimnisvolles, Weibliches und Wunderbares zu berühren. Ich fühlte, wenn ich sie nicht sofort hinlegte, würde ich von ihr auf unerträgliche Weise ergriffen sein.

Ich legte sie auf den Ladentisch. «Was kostet sie, Jim?»

«Vier Pfund.»

Ich machte ein erstauntes Gesicht. Jim sagte: «Ich hab's Ihnen ja gleich gesagt. Ich verdiene nur ein paar Shilling dran. Na gut, weil Sie's sind, will ich gar nichts dran verdienen, Doc. Sie können Sie für drei Pfund fünfzehn haben. In den großen Läden im Westend kriegt sie sechs, sieben Pfund dafür.»

«Wer ist ‹sie›?»

«Die Frau aus der Hardlea Street, die sie macht. Sie wohnt jetzt schon ein paar Jahre hier. Sie handelt damit. Und so bekomme ich hin und wieder auch eine.»

«Was ist das für eine Frau? Wie heißt sie?»

Jim erwiderte: «Genau kann ich's nicht sagen – ungefähr wie ‹Calamity›. Eine große, auffallende Rothaarige. Schwierige Person! Trägt 'ne Masse Pelz. Nicht Ihr Typ, Doc.»

Ich konnte es nicht verstehen. Ich sah keine Verbindung zwischen der Frau, die Jim beschrieb, und dem erlesenen kleinen Geschöpf, das auf dem Ladentisch lag.

«Ich nehm sie», sagte ich. Es war mehr, als ich mir leisten konnte; denn eine Praxis im Armenviertel bringt kaum mehr ein, als daß man wirklich Medizin lernt. Doch ich konnte die Puppe einfach nicht dort auf dem Ladentisch zurücklassen –

zwischen Streichholzpäckchen, verstaubten Schachteln und Zeitungen. Bei ihrem Anblick hatte ich das Gefühl, daß etwas von einer menschlichen Seele in sie eingegangen war. Ich zählte drei Pfund und fünfzehn Shilling auf den Tisch und kam mir vor wie ein Narr.

Ich kam mir noch mehr wie ein Narr vor, als ich sie nach Hause brachte und neu einpackte, um sie nach Birmingham zu schicken. Wieder erlebte ich den Zauber dieser kleinen Gestalt, und ich merkte, wie sehr es mir widerstrebte, mich von ihr zu trennen. Sie erfüllte mit ihrer Gegenwart das kleine Schlafzimmer, das ich hinter meinem Sprechzimmer hatte, und weckte in mir eine unbeschreibliche Sehnsucht, die mir die Kehle abschnürte.

Als ich von der Post zurückkam, wo ich das Paket an meine Nichte aufgegeben hatte, glaubte ich, daß es nun vorbei sei. Doch dem war nicht so – ich wurde den Gedanken an die Puppe einfach nicht los. Immer wieder dachte ich an sie und versuchte dann, über das Gefühl, das sie in mir geweckt hatte, hinwegzukommen, indem ich mir die auffallende, rothaarige Frau, die Schöpferin dieser Puppe, vorstellte, von der Jim mir erzählt hatte. Aber es half nichts. Einmal geriet ich sogar in Versuchung, der Angelegenheit nachzugehen, herauszufinden, wer diese Frau sei, und sie vielleicht aufzusuchen. Doch in jener Zeit grassierten gerade die Windpocken in unserem Viertel und trieben mir alle anderen Gedanken aus dem Kopf.

Ein paar Wochen später klingelte das Telefon, und eine Frauenstimme fragte: «Doktor Amony?»

«Ja.»

«Ich bin einmal durch Ihre Straße gekommen und habe Ihr Schild gesehen. Ist es sehr teuer, wenn man Sie privat in Anspruch nimmt? Kostet ein Besuch von Ihnen sehr viel?»

Der Klang der Stimme und das Berechnende darin stießen mich ab. Trotzdem erwiderte ich: «Ich berechne fünf Shilling. Wenn Sie in der Krankenkasse sind oder es wirklich nicht aufbringen können, nehme ich gar nichts.»

«Nicht mehr als recht und billig. Fünf Shilling könnte ich bezahlen, aber mehr nicht. Können Sie herüberkommen? Callamit ist mein Name. Rose Callamit. Hardlea Street, das Haus neben dem Gemüsehändler. Kommen Sie gleich rauf – es ist im zweiten Stock.»

Ich kam zu dem Haus und stieg zwei enge, schmutzige Treppen hinauf, die nur spärlich erleuchtet waren und deren Stufen knarrten. Eine Tür ging einen Spaltbreit auf, und ich fühlte, daß jemand mich musterte. Dann hörte ich die unangenehme Stimme: «Doktor Amony? Sie können hereinkommen. Ich bin Rose Callamit.»

Ich war völlig verblüfft. Sie war sehr groß, hatte ziegelrotes, hennagefärbtes Haar und verbreitete einen erdrückenden Geruch von billigem Parfum. Ihre Augen waren dunkel, mandelförmig und leicht schräggestellt, was ihr etwas Orientalisches gab, und ihre breiten, dicken Lippen waren stark geschminkt. Sie machte einen schrecklich vitalen Eindruck und war von auffälliger Schönheit. Meiner Schätzung nach mußte sie zwischen fünfundvierzig und fünfzig Jahre alt sein.

Den größten Schock jedoch erlebte ich, als ich in das Zimmer trat, eines jener auf der Straßenseite gelegenen Wohnschlafzimmer, wie man sie in alten Londoner Häusern häufig findet. Es war weiblich, aber äußerst vulgär eingerichtet, mit minderwertigen Drucken, knalligen Seidenkissen und billigen gläsernen Parfumfläschchen. Zugleich aber sah ich dort etwa ein Dutzend Flickenpuppen, die teils an der Wand hingen, teils auf dem Bett herumlagen oder achtlos auf einen alten Reisekoffer geworfen waren – alle verschieden und dennoch, schon auf den ersten Blick, von dem gleichen unbeschreiblichen Reiz und Zauber wie jenes kleine Geschöpf, das einen so tiefen Eindruck auf mich gemacht hatte. Ich begriff, daß ich vor der Schöpferin dieser erstaunlichen Puppen stand.

Rose Callamit sagte: «Groß, dunkel und gutaussehend, wie? Sind Sie nicht ein bißchen jung, die Leute zu verarzten?»

Ich gab ihr eine scharfe Antwort. Ich war verärgert und

gereizt, und außerdem war mir unbehaglich zumute. Die Wiederbegegnung mit jenen schönen und rührenden Geschöpfen in dieser billigen, abstoßenden Atmosphäre und in Verbindung mit dieser entsetzlichen Frau hatte mich stark erregt. «Ich bin älter, als Sie denken, und wie ich aussehe, geht Sie gar nichts an. Wenn Sie sich nicht von mir behandeln lassen wollen, gehe ich wieder.»

«Na, na, Doktor! Können Sie keine Komplimente vertragen?»

«Ich bin nicht an Komplimenten interessiert. Sind Sie die Patientin?»

«Nein. Meine Kusine. Sie liegt krank im Hinterzimmer. Ich führe Sie zu ihr.»

Ehe wir hinübergingen, wollte ich es wissen. Ich fragte: «Machen Sie diese Puppen?»

«Ja, warum?»

Ich war tief deprimiert. Ich murmelte: «Ich habe einmal eine für eine Nichte gekauft . . .»

Sie lachte: «Ich wette, Sie haben eine Menge Geld bezahlen müssen. Sie sind große Mode. Na, dann kommen Sie mal mit!»

Sie führte mich über den Flur zu einem kleineren Zimmer, das nach hinten hinaus lag, öffnete die Tür ein wenig und rief: «Mary, der Doktor.» Ehe sie die Tür ganz aufstieß, um mich eintreten zu lassen, wandte sie sich mir zu und sagte laut und brutal: «Seien Sie nicht überrascht, Doktor, sie ist ein Krüppel!»

Das blasse Mädchen saß, mit einem Morgenrock bekleidet, in einem Sessel am Fenster, und ich bemerkte einen Zug äußerster Hoffnungslosigkeit in ihrem Gesicht. Wieder war ich empört und verärgert. Die Art, wie die Frau das gesagt hatte, war an sich schon lähmend. Sie wollte nicht nur *mir* mitteilen, daß Mary verkrüppelt ist, sondern Mary selbst daran erinnern.

Mary konnte nicht älter als fünf- oder sechsundzwanzig sein. Sie schien nur aus einem Paar riesiger, unglücklich blikkender Augen zu bestehen. Das Erschütterndste aber war, wie niedrig nur noch die Lebensflamme darin zu brennen schien. Sie war sehr krank.

Gleich bei meinem ersten Besuch bemerkte ich die unaufdringliche Liebenswürdigkeit ihres Wesens, ihre liebliche Stirn und den schön geformten Kopf, der jetzt viel zu groß für ihren welken Körper war, ihre durchsichtigen, blaugeäderten Hände und das matt und glanzlos gewordene Haar. Sie hatte einen unsäglich rührend geformten Mund, weich, von blassem Korallenrot und sehr empfindsam. Doch ich sah noch etwas anderes, was mich verwunderte und mir das Herz erleichterte. Um sie herum standen kleine Tische. Auf einem lagen Farben und Pinsel, auf anderen Lumpen, Flicken, Leinen, Nadel und Faden – alles Dinge, die man brauchte, um Puppen zu machen.

Ihre momentane Erkrankung und ihr Gebrechen hatten nichts miteinander zu tun, doch ihr Gebrechen fesselte bereits meine Aufmerksamkeit, als ich noch in der Tür stand. Die Art, wie sie saß, machte mich nachdenklich. Der medizinische Ausdruck für ihren Zustand würde Ihnen nichts sagen, aber wenn es das war, was ich annahm, mußte es heilbar sein.

Ich fragte: «Können Sie gehen, Mary?»

Sie nickte teilnahmslos.

«Bitte, kommen Sie zu mir herüber.»

«Oh, bitte nicht!» sagte sie. «Zwingen Sie mich nicht.»

Das Flehen in ihrer Stimme rührte mich, aber ich mußte mir Gewißheit verschaffen. Ich sagte: «Es tut mir leid, Mary. Bitte, tun Sie, worum ich Sie gebeten habe.»

Sie erhob sich unsicher von ihrem Stuhl und humpelte auf mich zu, wobei sie das linke Bein nachzog. Ich war überzeugt, daß meine Diagnose stimmte. «So ist es gut», sagte ich, lächelte ermunternd und streckte ihr die Hände entgegen. Da geschah etwas Seltsames. Einen Augenblick lang schienen sich unsere Augen zu treffen. Ich spürte, daß sie von etwas überwältigt war und in dem dunklen Tümpel ihres Elends und ihrer Verzweiflung ertrank, während die Luft um mich her von der Gewalt ihres lautlosen Hilfeschreis zu vibrieren schien. Ihre Hände hoben sich den meinen für einen Atemzug entgegen, als müsse sie meine Bewegung nachahmen; dann sanken sie wieder am Körper herab. Der Zauber war gebrochen.

Ich fragte: «Wie lange geht es Ihnen schon so, Mary?»

Rose Callamit erwiderte: «Ach, Mary ist jetzt schon seit fast zehn Jahren ein Krüppel. Ich habe Sie nicht deshalb gerufen. Sie ist krank. Ich möchte wissen, was mit ihr los ist.»

Und ob sie krank war. Vielleicht todkrank. Das hatte ich sofort, als ich ins Zimmer trat, erkannt. Mit einem Blick forderte ich die massige, vulgäre Frau auf, das Zimmer zu verlassen, doch sie lachte nur. «Machen Sie kein Theater, Doktor Amony. Ich bleibe hier. Sie stellen fest, was mit Mary los ist, und können es mir dann sagen.»

Als ich meine Untersuchung beendet hatte, begleitete ich Rose ins Vorderzimmer. «Nun?» sagte sie.

Ich fragte: «Wußten Sie, daß man ihr Gebrechen heilen könnte? Daß sie bei richtiger Behandlung wieder normal gehen könnte – in etwa . . .»

«Halten Sie bloß den Mund, Sie!» Ihr wütender Aufschrei glich einer Ohrfeige. «Unterstehen Sie sich nicht, das ihr gegenüber jemals zu erwähnen. Ich habe sie von Leuten untersuchen lassen, die etwas davon verstehen. Ich will nicht, daß irgendein junger Narr herkommt und ihr falsche Hoffnungen macht. Falls Sie das vorhaben, brauchen Sie sich hier nicht mehr sehen zu lassen. Ich will wissen, was sie hat. Sie will weder essen noch schlafen und arbeitet nicht mehr gut. Was haben Sie festgestellt?»

Ich erwiderte: «Ich weiß es noch nicht. Ich habe nichts Organisches feststellen können. Doch irgend etwas Schreckliches ist mit ihr los. Ich möchte sie mir noch einmal ansehen. Inzwischen verschreibe ich ihr ein Tonikum und ein Anregungsmittel. Ich sehe in ein paar Tagen noch einmal herein.»

«Aber Sie werden Ihren großen Mund halten und mit keinem Wort erwähnen, daß Sie ihr Bein heilen wollen, haben Sie verstanden? Sonst rufe ich einen anderen Arzt.»

«In Ordnung», sagte ich – denn ich mußte Mary wieder besuchen dürfen. Später würde man weitersehen ...

Als ich nach Hut und Tasche griff, um zu gehen, fragte ich: «Haben Sie nicht gesagt, *Sie* machten diese Puppen?»

Sie schien einen Augenblick lang verblüfft, als hätte sie nicht damit gerechnet, daß dieses Thema noch einmal zur Sprache kommen könnte. «Das tue ich auch», fauchte sie. «Ich entwerfe sie. Ich lasse Mary manchmal helfen, damit sie ein bißchen davon abgelenkt wird, daß sie als Krüppel nie einen Mann abkriegen wird.»

Aber als ich wieder draußen war und durch den leuchtenden Herbsttag ging, wo der Verkehr an mir vorüberlärmte und die Kinder auf dem Bürgersteig spielten oder den Ball an der alten Brauereimauer hochwarfen, sagte mir mein Herz, daß Rose Callamit gelogen hatte und daß mir der süße Geist der verzauberten Puppe begegnet war. Doch mein nüchterner Arztverstand sagte mir, daß dieser Geist nicht mehr lange auf dieser Erde weilen würde, wenn ich nicht bald die Ursache von Marys Verfall herausfand.

Ihr Name war, wie ich später feststellte, Nolan, Mary Nolan, und sie siechte allmählich ohne erkennbare Ursache dahin. Ich war überzeugt, daß die Kusine etwas damit zu tun hatte. Nicht daß Rose sie bewußt töten wollte. Die Rothaarige war sogar sehr besorgt. Sie wollte, daß Mary am Leben blieb, wollte nicht, daß sie starb, denn Mary war ihre Erwerbsquelle.

Nach mehreren Visiten bemühte sich Rose nicht einmal mehr, den Schein aufrechtzuerhalten, daß sie selbst die Puppen machte. Nach und nach konnte ich mir einiges zusammenreimen.

Als Mary fünfzehn war, waren ihre Eltern bei einem Verkehrsunfall, der auch zu Marys Beinverletzung führte, ums Leben gekommen. Ein Gericht hatte ihre einzige Verwandte,

Rose Callamit, zu ihrem Vormund eingesetzt. Als sich nun herausstellte, daß Marys Erbschaft kläglich war, ließ Rose ihren Ärger an ihr aus, indem sie ständig über Marys Leiden redete. Im Laufe der Jahre ihres Zusammenlebens hatte die Ältere ihr so oft Vorhaltungen gemacht, daß Mary sich schließlich ihres Gebrechens schämte. Dauernd rief Rose: «Du bist ein hoffnungsloser Krüppel. Nie wird dich ein Mann ansehen. Nie wirst du heiraten und Kinder haben.»

Als Mary mündig wurde, war ihr Lebensmut anscheinend gebrochen, und sie war völlig dem Willen ihrer Kusine unterworfen, denn sie blieb weiter bei ihr, unter ihrer Fuchtel, und führte ein einsames und hoffnungsloses Leben. Um diese Zeit ungefähr fing sie an, aus Stoffresten Puppen zu fertigen, und trotz aller Roheit, Gleichgültigkeit und ihrem vulgären Geschmack erkannte Rose doch die einzigartige Schönheit und den Reiz dieser Puppen. Nachdem sie die ersten verkauft hatte, hielt sie Mary von früh bis spät zur Arbeit an.

Mary fürchtete sich vor ihrer Kusine. Doch das war es nicht, was sie allmählich umbrachte. Es war etwas anderes, und ich konnte es nicht herausfinden, zumal ich nie allein mit ihr sprechen durfte. Rose war immer zugegen. Noch niemals hatten Gut und Böse sich mir so deutlich offenbart wie in diesem Zimmer mit dem Mädchen, dessen armes unterdrücktes Wesen in dem ausgezehrten Körper nur noch schwach flackerte, und der rohen Frau mit den habgierigen Augen und dem Patschuligeruch, die den Hauch des Verderbens um sich verbreitete.

Ich erwähnte nicht, daß die Lähmung meiner Überzeugung nach geheilt werden könnte. Es war wichtiger zu entdecken, welches Leiden Mary verzehrte. Rose wollte nicht erlauben, daß sie in ein Krankenhaus gebracht wurde.

Zehn Tage lang glaubte ich, ich hätte den Prozeß aufgehalten, der Mary unter meinen Augen tötete. Ich verbot ihr, an den Puppen zu arbeiten. Ich brachte ihr Bücher zu lesen, Süßigkeiten und eine Flasche Sherry. Bei meiner nächsten

Visite lächelte sie mich zum erstenmal an, und das Zittern, das Verlangen, der Hunger und die Hoffnungslosigkeit dieses Lächelns hätten ein Herz aus Stein erweichen können.

«So ist es schon besser», sagte ich. «Jetzt noch einmal zehn Tage ohne Puppen, nur Ruhe, Schlafen, Lesen, und dann sehen wir weiter.»

Doch ihre Kusine machte ein finsteres Gesicht, und um ihren Mund lag ein unangenehmer Zug.

Als ich Mary das nächste Mal besuchen wollte, wartete Rose in ihrem eigenen Zimmer auf mich und sagte: «Es ist nicht mehr nötig, daß Sie kommen, Doktor Amony. Wir brauchen Sie nicht mehr.»

«Aber Mary ...»

«Sie ist gesund wie ein Fisch im Wasser. Auf Wiedersehen, Doktor ...»

Mein Blick wanderte zu dem alten Reisekoffer in der Ecke. Es lagen drei neue Puppen darauf. War es nur meine Einbildung, oder zeigten diese stummen, verzauberten Gestalten wirklich einen neuen Zug? War nicht jede auf ihre Weise Geburt und Tod in einem, ein Gruß an die Schönheiten, Wünsche und Freuden des Lebens und zugleich ein Abschied?

Ich hätte die monströse Frau am liebsten beiseite gestoßen, um durch die Türen zu dringen und meine Patientin zu sehen. Aber die Gepflogenheiten, die zum ärztlichen Standesethos gehören, sind schwer zu durchbrechen. Wenn ein Arzt entlassen wird, ist es seine Pflicht zu gehen, es sei denn, er habe Grund zu dem Verdacht, daß an seinem Patienten ein Verbrechen verübt wird. Einen solchen Grund hatte ich nicht. Es war mir nicht gelungen, die Ursache von Marys Krankheit festzustellen. Rose wollte zweifellos einen anderen Arzt kommen lassen. Sie war auf Marys Arbeit angewiesen, um bequem leben zu können, und würde sie deshalb schon in ihrem eigenen Interesse schützen wollen.

Schweren Herzens ging ich also. Doch ich dachte Tag und Nacht an Mary.

Kurz darauf wurde ich selber krank. Anfangs kaum merklich, doch schließlich ließ es sich nicht mehr übersehen. Appetitlosigkeit, Gewichtsverlust, Lethargie, Reizbarkeit, gegen Abend leicht erhöhte Temperatur und gelegentliche Schwächeanfälle, so daß ich das Gefühl hatte, ich könnte meine Arbeit nicht mehr schaffen. Ich bat einen befreundeten Arzt, mich zu untersuchen. Er klopfte, hämmerte, horchte ab und erklärte schließlich: «Dir fehlt nichts, Stephen. Du solltest alles etwas leichternehmen. Sicher arbeitest du zuviel. Dann protestiert die Natur.»

Aber ich wußte, daß es nicht daran lag.

Ich sah erschreckend aus. Meine Haut verlor jeden Glanz, die Backenknochen traten hervor, und die Augen lagen tief in den Höhlen, weil ich kaum schlief. Der Blick in meinen Augen gefiel mir ebensowenig wie der Zug um meinen Mund. Manchmal waren meine Nächte und Träume von Fieber erfüllt. Dann sah ich Mary kämpfen, sie wollte zu mir, aber Rose Callamit hielt sie in ihren häßlichen Armen gefangen. Und immer wieder machte ich mir Vorwürfe wegen meiner Unfähigkeit, Marys Fall zu diagnostizieren. Mein ganzes Selbstvertrauen als Arzt war erschüttert. Ein verzweifeltes, gequältes, menschliches Wesen hatte sich um Hilfe an mich gewandt, und ich hatte versagt. Nicht einmal mir selber konnte ich helfen. Welches Recht hatte ich, mich Arzt zu nennen? Eine lange, schreckliche Nacht hindurch, in der mich Gewissensbisse und Selbstvorwürfe quälten, brannte in meinem Gehirn der Satz, als wäre er mit Feuer geschrieben – *Arzt, heile dich selbst.*

Ja, zuerst mußte ich mich selbst heilen, ehe ich imstande war, anderen zu helfen. Aber wovon wollte ich mich heilen? Wenn überhaupt, dann ähnelten meine Symptome denen von Mary Nolan. Mary! Mary! Mary! Immer Mary!

War sie meine Krankheit? Vielleicht schon von dem Augenblick an, als ich dem Ausdruck ihres verzauberten Geistes begegnete, der in der Flickenpuppe im Spielzeugladen verkörpert war?

Und als der Morgen vor meinem Schlafzimmerfenster graute und der Verkehr vorüberlärmte, wußte ich, was meine Krankheit war. Ich liebte Mary Nolan. Als ich endlich die Worte ‹Liebe› und ‹Mary› miteinander verband, als ich endlich aufblickte und rief: «Ich liebe sie! Ich bedarf ihres Körpers und ihrer Seele an meiner Seite», da war mir, als glühe das Feuer einer heilenden Arznei in meinen Adern.

Es war immer Mary gewesen – die Wärme und das Verlangen, die Not und die Zärtlichkeit, die sie durch ihr Dasein ausdrückte, und auch die seltsame, ungewöhnliche Schönheit, die ihr eigen war, eine Schönheit, die erst zu voller Blüte kommen würde, wenn ich Mary in jeder Weise geheilt und gekräftigt hatte.

Denn nun, als es mir wie Schuppen von den Augen fiel und meine Kräfte wieder frei wurden, weil ich mir die Leidenschaft, die Liebe und das Mitgefühl, die ich für sie empfand, eingestand, erkannte ich auch Marys Krankheit bis in die letzte traurige Einzelheit und wußte, was ich zu tun hatte. Ich mußte sie allein sprechen, und wäre es nur für Minuten; sonst würde sie mir und der Welt für immer verloren sein.

An jenem Morgen rief ich Jim Carter an und sagte: «Hier Doktor Amony, Jim. Würden Sie mir einen Gefallen tun?»

«Jeden, Doktor. Nach dem, was Sie für mein Kind getan haben, tue ich alles für Sie.»

«Erinnern Sie sich noch an diese Rose Callamit? Die Frau mit den Puppen? Gut, wenn sie das nächste Mal zu Ihnen ins Geschäft kommt, versuchen Sie auf irgendeine Weise, mich anzurufen, und halten Sie sie irgendwie auf. Reden Sie oder tun sie irgend etwas, damit sie eine Weile bleibt. Ich brauche zwanzig Minuten. Geht das? Haben Sie's begriffen? Ich werde Ihnen mein Leben lang dankbar sein.»

Ich hatte Angst, es könnte geschehen, während ich Patienten besuchte, und jedesmal, wenn ich auf dem Rückweg in meine Praxis war, sah ich bei Jim herein, doch er schüttelte immer nur den Kopf. Aber dann klingelte eines Tages um fünf

Uhr nachmittags das Telefon. Es war Jim. Er sagte nur: «Jetzt könnte es klappen», und hängte auf.

Ich brauchte nur ein, zwei Minuten, um die paar hundert Meter zu dem Haus zu laufen, wo Mary wohnte. Ich rannte die Treppe hinauf, immer zwei Stufen auf einmal. Wenn die Tür verschlossen war, würde ich die Hauswirtin holen müssen. Doch ich hatte Glück. Rose hatte offenbar vorgehabt, gleich wieder zurückzukommen, denn die Tür war nicht verschlossen. Ich eilte in das Hinterzimmer, wo ich Mary fand.

Es war nur noch wenig von ihr geblieben. Sie saß im Bett, ihre Blässe war zwei roten Fieberflecken gewichen, die mitten auf ihren Wangen brannten, ein noch tödlicheres Gefahrenzeichen als die Auszehrung der Hände und des Körpers. Sie saß noch immer inmitten von bunten Tuchfetzen und Garn, als wolle sie nicht sterben, bevor sie nicht noch ein weiteres Abbild, einen weiteren Traum geschaffen hatte.

Aus ihrer Lethargie hochgeschreckt, blickte sie auf, als ich in das Zimmer trat. Sie hatte angenommen, es sei Rose. Ihre Hand flog an die Brust, und sie sagte meinen Namen. Nicht ‹Doktor Amony›, sondern ‹Stephen›!

Ich rief: «Mary! Gott sei gedankt, daß ich noch zur rechten Zeit komme. Ich bin da, um Ihnen zu helfen. Ich weiß jetzt, was Sie . . . was Sie krank gemacht hat . . .»

Sie war in einem Zustand, in dem ihr nichts entging. Sie hatte mein Zögern gespürt und wußte wohl, daß ich hatte sagen wollen: ‹. . . was Sie tötet.› Denn sie flüsterte: «Kommt es jetzt noch darauf an?»

Ich sagte: «Noch ist Zeit, Mary. Ich weiß Ihr Geheimnis. Ich weiß, wie ich Sie gesund machen kann. Aber Sie müssen mich anhören, wenn ich es Ihnen erkläre . . . Ihr Leben hängt davon ab.»

Eine Veränderung ging in ihr vor. Sie schloß die Augen und flüsterte: «Nein, tun Sie es nicht – bitte nicht. Lassen Sie mich in Frieden. Ich will es nicht wissen. Bald ist es vorüber.»

Daran hatte ich nicht gedacht – daß sie nicht bereit sein

könnte, dieser Möglichkeit ins Auge zu sehen. Und doch konnte ich nicht mehr zurück. Ich setzte mich und nahm ihre Hand. «Mary, bitte hören Sie mich an. Wenn ein Körper unterernährt ist, geben wir ihm zu essen. Wenn er unter Anämie leidet, geben wir ihm ein Tonikum. Aber Ihnen ist etwas anderes genommen worden, ohne das Seele und Leib nicht zusammengehalten werden können.»

Ihre Augen öffneten sich, und ich sah, daß sie von Entsetzen und Angst erfüllt waren. Sie schien nahe daran, das Bewußtsein zu verlieren, sie flehte: «Nein! Sagen Sie es nicht!»

Einen Augenblick dachte ich, sie würde sterben. Aber die einzige Hoffnung für sie, für uns beide, war, daß ich weitersprach.

«Mary! Mein liebes, tapferes Mädchen. Es ist nichts Schreckliches. Fürchten Sie sich nicht. Es liegt nur daran, daß man Sie aller Liebe entzogen hat. Sehen Sie mich an, Mary!»

Mein Blick fing ihre Augen ein und hielt sie fest. Ich wollte, daß sie am Leben blieb, mich jetzt nicht verließ, mich zu Ende anhörte. «Sehen Sie, Mary, ein Mensch hat nur ein bestimmtes Reservoir an Liebe, die er ausgeben kann. Aus diesem Reservoir wird ein ganzes Leben lang geschöpft, und deshalb muß es immer wieder mit Zärtlichkeit, Zuneigung, Wärme und Hoffnung aufgefüllt werden. So wird der Inhalt immer wieder erneuert. Doch Ihr Reservoir ist geleert worden, bis nichts mehr drin war.»

Ich wußte nicht genau, ob sie mich noch hörte. «Es war Rose Callamit», fuhr ich fort. «Sie hat Ihnen allen Lebensmut, alle Liebe und Erfüllung genommen. Aber was sie Ihnen später angetan hat, war ein noch viel schlimmeres Verbrechen. Denn sie nahm Ihnen *Ihre Kinder!*»

Nun war es heraus! Hatte ich sie getötet? Hatte ich, der sie mehr, als Worte sagen konnten, liebte, hatte ich ihr den Todesstoß versetzt? Und doch glaubte ich ein Aufflackern in diesen armen, gequälten Augen zu sehen, vielleicht sogar einen ganz schwachen Abglanz von Erleichterung.

«Ja, Mary, es waren Ihre Kinder, diese verzauberten Geschöpfe, die Sie geschaffen haben. Als Sie überzeugt waren, es gebe keine Aussicht mehr für Sie, eine Frau zu sein, drückten Sie Ihre Hoffnungen, Ihre Träume und – wie jeder Schöpfer, ob Mutter oder Künstler – auch ein Stück Ihres Herzens in jeder dieser Puppen aus. Sie schufen sie mit Liebe, Sie liebten sie, wie Sie Ihre eigenen Kinder geliebt hätten, Mary, und dann wurde Ihnen jede einzelne weggenommen, und Sie erhielten nichts, was sie Ihnen hätte ersetzen können. Und so mußten Sie mehr und mehr von Ihrem Herzen weggeben, bis Ihnen Ihr ganzes Leben genommen war. Menschen können aus Mangel an Liebe sterben.»

Mary regte sich. Der glasige Blick schwand aus ihren Augen. Ich glaubte, als Antwort einen schwachen Druck ihrer kalten Hand, die ich in der meinen hielt, zu spüren.

Ich rief: «Aber das sollst du nicht, Mary! Ich bin hier, um dir zu sagen, daß ich dich liebe, um dir all das wieder zurückzugeben, was man dir genommen hat. Hörst du mich? Ich bin nicht dein Arzt. Ich bin ein Mann, der dir sagt, daß er dich liebt und nicht ohne dich leben kann.»

Ich vernahm ein ungläubiges Flüstern. «Mich lieben? Aber ich bin doch ein Krüppel.»

«Und wenn du tausendmal ein Krüppel wärst, so würde ich dich doch lieben. Aber du bist ja gar kein Krüppel. Rose Callamit hat dich belogen. Du kannst geheilt werden. In einem Jahr werde ich dich so weit geheilt haben, daß du wie jedes andere Mädchen laufen kannst.»

Zum erstenmal sah ich Tränen in ihren Augen und einen Schimmer von Farbe auf ihren Wangen. Dann hob sie in einer einfachen, zärtlichen Geste die Arme zu mir auf.

Ich nahm sie aus dem Bett und hüllte sie in die Decke. Sie besaß überhaupt kein Gewicht – sie war wie ein Vogel. Und sie klammerte sich in einer Art süßer Verzweiflung an mich, so daß ich mich wunderte, woher die Kraft in ihren Armen kam, das Glühen ihrer Wange, die an meinem Gesicht ruhte.

Noch vor einem Augenblick schien sie dem Tod nahe gewesen zu sein.

Eine Tür schlug zu. Eine andere wurde aufgerissen. Rose Callamit stürzte ins Zimmer. Ich fühlte, wie Mary in ihrer alten Furcht erschauderte und das Gesicht an meiner Schulter vergrub.

Doch Rose kam zu spät. Es war alles vorüber. Sie konnte nichts mehr tun, und sie wußte es. Kein Wort fiel, als ich an ihr vorüberging, meine Last eng an mich gepreßt, und die Wohnung verließ und die Treppe hinabstieg.

Draußen schien die Sonne auf den staubigen Bürgersteig; kein Wind regte sich. Auf der Straße spielten lärmend Kinder, als ich Mary nach Haus trug.

Das war vor drei Jahren, und ich schreibe dies am Jahrestag. Mary ist mit unserem Sohn beschäftigt und bereitet alles für die Ankunft unseres zweiten Kindes vor. Puppen macht sie nicht mehr. Dazu besteht keine Notwendigkeit.

Wir haben noch viele andere Jahrestage, aber dies ist der einzige, den ich ganz für mich feiere und an dem ich Dank sage für jenen Tag, als ich die Botschaft von Marys Seele zum erstenmal empfing und mich in sie verliebte, den Tag, als aus dem schmutzigen Fenster von Jim Carters Spielwarengeschäft in der Nähe der Abbey Lane die verzauberte Puppe nach mir rief.

Liebe ist ein Trick

Ich kam heute zurück und sah mir ein Tagebuch an, das ich vor dreißig Jahren geschrieben und zuunterst in einen alten Theaterkoffer gepackt hatte. Es enthält den Bericht über das Ende des Großen Armando. Und ich holte noch etwas anderes hervor und sah es mir zum erstenmal wieder an, seit es vor nun schon so langer Zeit in meine Hände gelangt ist: eine Zwangsjacke aus Segeltuch mit Lederriemen, deren Metallschnallen vom Wasser des Detroit River verrostet sind.

In den Ärmeln eingenäht fand ich noch den Trick – jene einfache und teuflische List eines gemeinen und mörderischen Mannes, die, wie ich damals, 1925, in mein Tagebuch schrieb, den Großen Armando ebenso zuverlässig umbrachte, wie wenn man ihm eine Kugel ins Gehirn geschossen oder ein Messer ins Herz gestoßen hätte. Nur daß wir nie seine Leiche fanden.

Der Große Armando stammte von einer Farm in Perrysville in Ohio, und sein richtiger Name war Joe Ferris. Fünf Jahre lang bin ich sein Partner gewesen, und ich habe ihn geliebt wie einen Bruder. Er war ein Sonderling, ein tapferer, schwermütiger Bursche; sein Vater war Amerikaner und seine Mutter Polin. Er war der stärkste Mann, der mir je begegnet ist, und diese Stärke lag besonders in seinen Fingern, seinen Händen und Handgelenken.

Er war nicht einmal sehr groß, höchstens einsfünfundsiebzig – ein untersetzter Mann mit breiten Schultern und einem Brustkasten wie ein Faß. Ich nehme an, das Wichtigste auf der Welt war für ihn die Legende, die wir um seine Entfesselungskunststücke aufgebaut hatten. Großsprecherisch behauptete er, keine Gefängniszelle, keine Fessel, kein Schloß und keine Zwangsjacke vermöge ihn zu halten.

Und das stimmte – in gewisser Weise. Er war der größte Schausteller, den ich je erlebt habe, mit stechend blickenden schwarzen Augen und einem Wust von schwarzem Haar. In der Öffentlichkeit sprach er mit einem auffallenden Akzent, den er in jungen Jahren von einem mexikanischen Messerwerfer aufgeschnappt hatte. Doch wenn wir unter uns waren, dann war er ebenso amerikanisch wie Kaugummi, Cornflakes oder Baseball.

Als er noch ein Junge war, kamen eines Tages Schausteller durch Perrysville, und er lief mit ihnen von der Farm seines Alten davon. Er sah sich alles mögliche ab, was ein Kind von Schaustellern lernen kann, Gutes und Schlechtes, doch als er einen Australier traf, der ihm beibrachte, wie man sich aus Seilfesseln befreit, hatte er seine Lebensaufgabe gefunden. Von da an konzentrierte er sich auf Entfesselungen und verdiente mit seinen Auftritten, bei denen er sich aus Fesseln, Zwangsjacken und ähnlichem befreite, recht gut seinen Lebensunterhalt.

Doch der Große Armando wurde er erst, als ich nach dem Krieg, im Jahre 1920, zu ihm stieß, und erst dadurch kam er ans große Geld. Wenn ich mir hier selbst ein Loblied singe – Joe Ferris wäre der letzte gewesen, der darin nicht eingestimmt hätte. Zufällig konnte ich gerade das, was er brauchte, um aus der Klasse der mittelmäßigen Artisten, die mit einem billigen Zirkus die Provinz abgrasen, in die Reihen der großen Illusionisten der Welt aufzurücken, deren Namen man nie vergessen wird, wie Robert Houdin, Maskelyne, Hermann der Große, Thurston, Harry Kellar und Harry Houdini.

Mein Name ist Carl Hegemeyer, Schlosser- und Mechanikermeister. Mein Vater kam 1888 aus Deutschland herüber. Er lehrte mich die Fachkenntnisse, die sich in acht Generationen angesammelt hatten, Kenntnisse, die man in dem Satz zusammenfassen könnte: Alles, was man verschließen kann, läßt sich auch öffnen, sofern man den richtigen Schlüssel oder das richtige Werkzeug hat.

Doch ich besaß noch eine andere Fähigkeit, deretwegen der Mythos des Großen Armando nicht ohne mich hätte existieren können. Wenn ich mir einen Schlüssel ansah, konnte ich noch Stunden später nach dem Gedächtnis ein Duplikat davon herstellen. Solange wir herumreisten, hatte ich die raffinierteste kleine transportable Metalldrehbank mit Stromantrieb und Schlüsselfräse bei mir. Ich konnte sie an jeder Steckdose im Hotelzimmer und im Notfall auch an unserer Autobatterie anschließen.

Ungefähr eine Stunde nach der Vorbesprechung, die vor jeder Entfesselungsschau stattfand und bei der ich stets den Schlüssel sah, mit dem die betreffende Vorrichtung verschlossen wurde, hatte Armando ein Duplikat. Bei seinem Taschenspielertraining war es für ihn kein Problem, sich diesen Schlüssel zustecken zu lassen oder ihn zu verbergen.

Magie – so etwas gibt es nicht. Das wissen Sie selber. Man hat eine Menge Zaubervorstellungen gesehen, bei denen der Magier das scheinbar Unmögliche vollbringt. Nun, es scheint nicht nur unmöglich, es *ist* unmöglich. Irgendwie ist immer ein Apparat im Spiel.

Apparat ist das Wort der Schausteller für Zauberapparate, aber auch für Tricks, für versteckte Vorrichtungen, kurz die nüchterne Erklärung, wie's gemacht wird. Und gewöhnlich ist der Apparat etwas so Einfaches, daß man es gar nicht glauben will. Da sah man etwa den Großen Armando in Handschellen, begraben in einem steinernen Sarkophag – und drei Minuten später stieg er heraus und machte seine Verbeugung. Der gesunde Menschenverstand sagte einem, daß er das nur schaffen konnte, wenn er übermenschliche Kräfte oder irgendwelche Hilfsmittel besaß. Aber die Art, wie er die Nummer verkaufte, rief in einem den Wunsch hervor, an übermenschliche Kräfte zu glauben. Und dafür bezahlte man seinen Eintrittspreis.

In neun von zehn Fällen besaß er jedoch Hilfsmittel. Dafür sorgte ich. Mit meiner Hilfe befreite er sich aus einem fest verschlossenen Caisson, einer Stahlkammer der National Bank mit Zeitschloß, einem viertausend Jahre alten griechischen Steinsarg, einer Zelle im Zuchthaus Alcatraz und aus zahllosen Sorten von Handschellen und Zwangsjacken.

Aber vergessen Sie nicht, daß er außerdem Mumm in den Knochen hatte. Selbst wenn man die Apparate und Tricks kennt, braucht man Schneid, um sich in eine Zwangsjacke einschnüren, in einen Postsack, der mit einem Vorhängeschloß zugesperrt wird, stopfen und schließlich in eine Kiste einnageln zu lassen, die, mit Tauen umschnürt, mitten im Winter in einen eisigen Fluß versenkt wird.

Der einzige, der es mit dem Großen Armando aufnehmen konnte, war Houdini, doch alles, was Houdini tat, machte Armando noch besser. Auch Houdini beherrschte den Entfesselungstrick im Fluß, aber er ließ sich nur Handschellen anlegen, aus denen er sich binnen zehn Sekunden befreien konnte. Niemand außer Armando wagte es in einer Zwangsjacke, in die er sich obendrein von einem Experten schnüren ließ.

Und doch hat ihn, wie ich in mein Tagebuch schrieb, die Zwangsjacke erledigt, oder wenigstens die Zaubervorrichtung darin. Und eine Frau hat dieses Ding da hineingetan; die einzige Frau, die er je geliebt hat.

Er war schon ein merkwürdiger Vogel, dieser Joe Ferris. Niemand kannte ihn wirklich oder kam ihm innerlich näher, nicht einmal ich; dabei war ich sein Partner, dem er vertraute. Ich nehme an, das war die polnische Ader in ihm. Oft war er schwermütig und voller Argwohn. Er hob sein Geld in bar bei mehreren Banken in Stahlfächern auf, unter verschiedenen Namen, die ich nie erfuhr. Er dachte nur an seinen Ruf und an den Mythos des Großen Armando. Oft sagte er zu mir: «Vergiß nicht: was auch geschieht, der Große Armando versagt nie.»

Er war jedoch kein Narr und wußte genau, welchen Gefahren er sich aussetzte. Einmal sagte er: «Wenn ich mich das erste Mal wirklich fürchte, höre ich auf, und niemand wird jemals wieder etwas vom Großen Armando hören. Aber bis jetzt ist mir noch nichts begegnet, womit wir nicht fertig werden könnten.»

Doch das war, bevor wir es mit Sheriff Jules Massin aus Ossowo County in dem rauhen River Rouge-Viertel in Detroit zu tun bekamen. Dort wollten wir die Unterwasserbefreiung als Reklame vor Armandos Auftreten in Detroit zeigen, das im Michigan Palace Theater vorgesehen war. Der Sheriff hatte unsere Herausforderung angenommen und wollte Armando in eine Zwangsjacke einschnüren, aus der er nicht wieder herauskäme.

Auf den ersten Blick schien es eine ganz alltägliche Sache zu sein. Es gab keine Zwangsjacke, aus der sich Armando nicht in weniger als einer Minute befreien konnte. Doch wir ließen uns nie auf unnötige Gefahren ein. Armando garantierte nur, aus jeder Fessel oder jedem Käfig herauszukommen, wenn er sie vorher untersuchen konnte. Das Vorhängeschloß des Postsacks mußte in unserer Gegenwart verschlossen und wieder geöffnet werden. Dadurch konnte ich den notwendigen Blick auf den Schlüssel werfen. Und die Packkiste mußte vor und nach dem Kunststück im Theaterfoyer aufgestellt werden. Dabei präparierten wir sie. Wir meinten, wir hätten an alles gedacht. Nur rechneten wir nie damit, daß wir auf einen Mann stoßen würden, der in seiner Brust Mordgelüste hegte.

Als wir in das Büro des Sheriffs kamen, um die Sachen zu untersuchen und das Unternehmen vorzubereiten, war der Raum voll von Gehilfen des Sheriffs, Detektiven, Polizisten, Reportern und Fotografen. Auch die Frau des Sheriffs war da. Das Büro befand sich im Erdgeschoß seines Hauses. Zunächst bemerkte ich die Frau nicht. Sie hatte ein Kopftuch umgebunden, wie es die Europäerinnen bisweilen tragen. Ihre Wangen waren blaß und die vorstehenden Augen ohne jeden Ausdruck.

Sie blitzen nicht einmal auf, als der Sheriff sie in der Menge bemerkte, die sich um seinen Schreibtisch drängte, und knurrte: «Zum Teufel, was suchst du denn hier, Tina? Siehst du nicht, daß ich zu tun habe?»

Sie nahm die Kränkung ergeben hin, und jeder Zug ihres Körpers verkündete, daß sie eingeschüchtert und ohne Hoffnung war. Doch sie ging nicht, und bald nahmen andere Dinge den Sheriff in Anspruch.

Der Sheriff war ein niederträchtiger Mann. Niederträchtig, schmutzig und gefährlich. Er war nicht umsonst Polyp; das gefiel ihm. In unserer Branche lernt man alle Sorten von Beamten kennen, angefangen von den Klugscheißern, die sich ein Vergnügen daraus machen, einen Artisten auf die Palme zu bringen, bis zu Polypen und Gefängniswärtern, die es nicht gern haben, wenn man sie auf die Palme bringt. Aber noch nie waren wir einem Burschen begegnet, der Mordgedanken in seinem Herzen nährte, weil er risikolos morden konnte. Armando unterschrieb stets eine Verzichterklärung.

Das war also der Sheriff. Als ich sein Büro betrat, wußte ich sofort, daß er ein Mörder war – ein Mörder im Rahmen des Gesetzes. Er war über einsachtzig groß, dick, stämmig und schmutzig. Alles an ihm war schmutzig – seine Kleidung, seine Haut, die Fingernägel und die Zähne. Er roch übel aus dem Mund. In einem Gürtelhalfter trug er einen gewaltigen Revolver. Man sah ihm an, daß er die Macht liebte, die das Ding ihm verlieh.

Massin warf eine Zwangsjacke auf den Schreibtisch und grinste höhnisch: «Ist gegen die was einzuwenden?»

Es war eine gewöhnliche Zwangsjacke mit Riemen und Schnallen, wie man sie für Gewalttäter benutzt, der harmloseste Typ für Armando, denn das Segeltuch war nicht übermäßig dick. Ganz gleich, wie stark der Mann sein mochte, der sie zuschnallte, immer gelang es Armando, indem er seine Muskeln anschwellen ließ, genügend Spielraum zu behalten, um die Arme über den Kopf zu bekommen. Dann öffnete er durch die Leinwand hindurch die Schnallen. Ich sagte ja schon, daß er die stärksten Finger der Welt hatte. In dieser

Hinsicht war er ein Übermensch. Und deshalb wurde er der Große genannt.

Ich nahm die Zwangsjacke auf, um sie Armando zu zeigen. Doch er sah nicht hin. Etwas Seltsames war geschehen. Er starrte statt dessen Tina Massin an, und auf seinem Gesicht lag ein Ausdruck, wie ich ihn noch nie bei ihm gesehen hatte.

Mir stockte der Atem. Ihr Kopftuch war in den Nacken gerutscht und gab ihr blondes Haar und das vollkommene Oval ihres Gesichts preis. Sie sah wie die blasse, gefangene Prinzessin in dem Buch mit Grimms Märchen aus, das ich als Kind besessen hatte. Den Eindruck, den sie in diesem Augenblick auf mich machte, werde ich nie vergessen.

Ist es Ihnen schon einmal begegnet, daß Sie einen Menschen zum erstenmal sehen und in diesem Augenblick seine ganze Lebensgeschichte kennen, als ob Sie sie in einem Buch gelesen hätten? Tina Massin war fremdländischer Herkunft, vielleicht kam ihre Familie aus Polen oder Finnland. Ich schätze, der Sheriff hatte sie aus einem Heim oder Waisenhaus als Aschenbrödel in seinen Haushalt geholt. Zweifellos war sie zuerst mißbraucht und später geheiratet worden, weil es zweckdienlicher war, eine Ehefrau zu besitzen als eine Magd. Es gibt Frauen, die zu ergebenen Gefangenen der abscheulichsten Männer werden. Zu ihnen gehörte Tina Massin.

Ihre Blicke hatten sich getroffen und ruhten ineinander, die Blicke dieser beiden so äußerst verschiedenen und gegensätzlichen Fremden – der Schausteller mit dem langen schwarzen Haar und dem stechenden Blick und das blasse Mädchen mit dem dichten Seidenhaar und den Augen, die zum erstenmal lebten und mit einer Art Flehen erfüllt waren. Jeden Augenblick mußte offenkundig werden, daß zwei Menschen sich gefunden und verliebt hatten und nun versuchten, Kontakt miteinander zu bekommen.

Um abzulenken, warf ich die Zwangsjacke auf den Schreibtisch zurück und sagte: «Sie ist okay.»

Der Sheriff lachte widerlich. «Und so schnüre ich Sie darin ein», sagte er. Ich war froh, daß sich Armando jetzt mit der Vorführung beschäftigte. Der Postinspektor brachte den Sack. Ich beugte mich darüber, um die Dicke, die Bügel und das Vorhängeschloß zu mustern. Ich hatte ein Dutzend Schlüssel, mit dem es zu öffnen war. An feinen Drähten befestigt, würde Armando zwei davon an seinem Körper verstecken. War er erst einmal aus der Zwangsjacke heraus – eine Angelegenheit von sechzig Sekunden –, würde er den Schlüssel herausholen und durch den Sackstoff handhaben.

Alles war in Ordnung. Trotzdem ließ ich den Sack mehrmals öffnen und schließen, um sicherzugehen, daß das Schloß nicht mit Schrotkugeln oder Sand präpariert worden war. Mrs. Massin ließ ihr Taschentuch fallen. Armando bückte sich, um es aufzuheben, sie ebenfalls. Ihre Finger berührten sich. Ich war noch über den Postsack gebeugt, den ich untersuchte.

Ich hörte, wie sie ihm zuflüsterte: «Um Gottes willen, tun Sie's nicht!»

Als Zeitpunkt wurde der nächste Morgen, zehn Uhr, angesetzt, als Ort der Eisenbahnkai, wo ein großer Schienenkran stand. Das Dokument, das die Polizei von Detroit und das Büro des Sheriffs von aller Verantwortung befreite, lag zur Unterzeichnung bereit, und die Fotografen drängten sich um einen guten Platz für ihre Aufnahmen. Jemand reichte Armando einen Federhalter. Mrs. Massin machte eine leichte Handbewegung. Noch einmal trafen sich die Augen der beiden. Sie leckte sich die trockenen Lippen und schüttelte kaum wahrnehmbar den Kopf. Der Sheriff bemerkte das stumme Spiel nicht, kicherte jedoch wieder.

«Wollen Sie kneifen?» fragte er – und dann, zu allen Anwesenden gewandt: «Ich behaupte, alle Mexikaner sind feige.»

Joe Ferris schwang dramatisch den Federhalter und rief mit besonders starkem Akzent: «Armando niemals kneift.» Und unterschrieb.

Das Licht in Tina Massins Augen erlosch. Alles Leben schien sie zu verlassen. Sie war ohne Hoffnung, verzweifelt und schicksalsergeben. Sie drehte sich um und ging aus dem Zimmer.

Ich suchte Harry Hopp auf, einen alten Freund, Reporter einer unabhängigen Zeitung. Ich erklärte ihm, daß wir nie etwas dem Zufall überließen. Die Geschichte hier gefiele mir ganz und gar nicht.

Ich fragte: «Was ist das für ein Bursche, euer duftender Sheriff von Ossowo County?»

Hopp erwiderte: «Gutes kann ich dir leider nicht über ihn berichten. Aber wenn du schon fragst: er haßt Schausteller und ihre Vorführungen. Er gönnt ihnen keine ruhige Minute in seinem Bezirk. Besser, man nimmt sich in acht vor diesem reizenden Knaben.»

«Ja», sagte ich, «das habe ich schon gemerkt. Aber weshalb ist er so?»

«Erpressung», erwiderte er. «Vor fünf oder sechs Jahren kamen hier Schausteller durch, unter denen tatsächlich Schwindler waren. Sie haben eine Menge berappt, um den Sheriff zu schmieren, aber als er noch einmal ankam, verprügelten sie ihn und warfen ihn hinaus. Vielleicht war dein Freund damals sogar dabei und hat es miterlebt. Massin haßt alles wie die Pest, was mit reisenden Schaustellern und Jahrmärkten zusammenhängt.»

An jenem Abend sagte ich zu Armando: «Hör mal, Joe. Bist du, bevor wir uns kennenlernten, mal bei einer Schwindlertruppe gewesen, die hier in der Gegend einen Sheriff verprügelt hat?»

Er überlegte eine Weile und sagte dann langsam: «Daher kenne ich ihn also. Als er versuchte, mich zu erpressen, habe ich zugeschlagen, und damit fing es an.»

Ich sagte: «Die Sache gefällt mir nicht. Er will dich fertigmachen. Laß uns absagen. Wir können die Vorstellung nächste Woche in Cleveland geben.»

Er sah mich an, als ob ich den Verstand verloren hätte, und fragte: «Haben wir an alles gedacht?»

Ich ging im Geist noch einmal alles durch. Eigentlich konnte nichts geschehen, was wir nicht bedacht hatten. «Ja», erwiderte ich.

«Okay», sagte er, «dann bleiben wir. Wir können es uns nicht leisten, abzuhauen.»

Aber ich hatte mich getäuscht. Es gab etwas, woran ich nicht gedacht hatte – ein so einfaches und naheliegendes Mittel, Armando zu töten, daß ich nicht daraufkam, bis es zu spät war.

Der Tag der Entscheidung war feucht, kalt und bedeckt. Auf dem Fluß schwammen Eisschollen. Trotz des rauhen, stürmischen Wetters waren der Kai und einige benachbarte Molen schwarz von Menschen. Schon vor dem Versuch hatte die Presse zahlreiche freundliche Artikel gebracht.

Das Kunststück selbst war eine Routinesache, die wir schon dutzendmal gemacht hatten. Der Trick war: sobald die Leute den ersten Nagel in den Kistendeckel schlugen, begann Armando, sich aus der Zwangsjacke und dem Postsack herauszuarbeiten, während ich mich bemühte, Zeit zu gewinnen, indem ich riet, noch ein paar Nägel mehr einzuschlagen oder das Tau fester zu binden, bis ich von Armando ein Signal erhielt, daß er sich von seinen Fesseln befreit hatte. Die Kiste war von uns in der Nacht präpariert worden: an der einen Seite ließ sich ein Brett verschieben. Gewöhnlich stieg er fünfzehn Sekunden, nachdem die Kiste unter der Wasseroberfläche verschwunden war, heraus.

So einfach war das – wie alle Illusionstricks oder Entfesselungskunststücke auf der Bühne –, und nur durch die Art, wie Armando es machte, wirkte es so ungewöhnlich. Zu einer guten Vorführung dieser Art gehörte es, daß der Artist, wenn man glaubt, nun sei er tatsächlich in Gefahr, schon so sicher ist, wie er es zu Hause in seinem Bett sein würde. Die wirklich gefährlichen Dinge sieht man nicht. Etwa den Aufenthalt im eiskalten Wasser, wo er mindestens zwei Minuten den Atem anhalten und versuchen muß, zwischen den Eisschollen hervorzukommen, oder Gefahr läuft, vom Strom unter das Eis getrieben zu werden. Deshalb war es sein gutes Recht, sich den Großen Armando zu nennen und stolz auf seinen Ruf zu sein.

Als Armando und ich ankamen, stand eine große Gruppe von Journalisten da, darunter Harry Hopp und mehrere Sensationsreporter; dazu eine Horde von Fotografen und Leuten von den Wochenschauen. Captain Harry Stevens von der Wasserpolizei instruierte die Mannschaft einer Polizeibarkasse, die Armando auffischen sollte, falls und wenn er wieder auftauchte. Ihm behagte es gar nicht, für so einen Reklamerummel mißbraucht zu werden, und er begrüßte uns mürrisch.

Er sagte: «Okay, okay. Nun macht schon, daß wir hier wieder wegkommen. Habt ihr schon eine Verzichterklärung unterschrieben?»

Sheriff Massin, der eine mächtige, mit Schaffell gefütterte Jacke trug, sagte: «Klar, ich hab sie bei mir.»

Armando zog den Mantel aus. Darunter trug er Hosen, ein Unterhemd aus leichter, warmer Wolle und Turnschuhe. Der Sheriff kam auf uns zu, die Zwangsjacke in der Hand. Er grinste häßlich und selbstzufrieden. Tina Massin stand in der vordersten Reihe. Sie war nicht mehr hübsch. Ihr Gesicht war tränenverschmiert und voll Angst. Sie starrte auf die Zwangsjacke.

Ich entdeckte etwas an den Ärmeln, was am Tag zuvor noch nicht dagewesen war. Mir drehte sich der Magen. Ich sagte: «Moment! Zeigen Sie mir die Jacke, sie ist präpariert worden.»

Der Sheriff sagte: «Da seht ihr's, sie wollen sich drücken!» Doch er gab mir die Jacke.

Ich krempelte die Ärmel nach außen. Innen waren zehn Fingerlinge aus buntem Strohgeflecht angenäht. Sie haben diese Dinger gewiß schon mal in einem Laden für magische

Artikel oder im Zauberkasten eines Kindes gesehen. Wenn man sie über die Finger streift, haften sie um so fester, je stärker man zieht. Das System wird auch kommerziell zum Heben von Lasten benutzt – man kann sich nicht losreißen. Das Geheimnis, sich freizumachen, besteht darin, daß man gegen die Fingerlinge drückt. Dann schiebt sich das Geflecht zusammen, wird weiter, und man kann den Finger herausziehen. Da sie jedoch in dem langen, engen Ärmel der Zwangsjacke befestigt waren, gab es keinen Ansatzpunkt für den Gegendruck. Und damit war der Große Armando schon so gut wie tot.

Ich sah, wie Armandos Augen schmal wurden, als er die tödliche Falle erblickte; Schweißperlen bildeten sich auf seiner Oberlippe und unter den Augen. Zum erstenmal erlebte ich, daß Joe Ferris Angst hatte.

Ich sagte: «Zum Teufel, was soll das? Diese Dinger waren gestern nicht drin, als wir die Zwangsjacke prüften.»

Massin erwiderte: «Na schön, und jetzt sind sie drin.»

Tina Massin schien ohnmächtig zu werden. Ich sah sie im Geist vor mir, wie sie die ganze Nacht aufgesessen hatte, während der Sheriff neben ihr stand, und wie sie diese schrecklichen Fingerlinge eingenäht hatte, die dazu dienen sollten, einen Mann straffrei umzubringen.

Captain Stevens von der Wasserpolizei kam herüber, griff nach der Jacke und betrachtete die harmlos aussehenden Fingerlinge aus rotem, gelbem, grünem und purpurfarbenem Stroh.

«Was soll das bedeuten, Sheriff?» fragte er.

Massin kam wütend herbeigerannt und erwiderte so laut, daß all die Zeitungsleute ihn hören konnten: «Dieser Mexikaner behauptet, er kann aus allem herauskommen, das sagte er doch, oder? Ich hatte mal einen Kerl in die Klapsmühle zu bringen. Hatte drei Burschen umgebracht. Der befreite sich aus der Zwangsjacke. Hatte Hände wie ein Gorilla. Dann machte ich ihn so fest. Da kam er nicht heraus. Okay, soll dieser mexikanische Angeber damit fertig werden oder abhauen. Der Bursche hat diese Fingerlinge schon dutzendmal bei seinen Betrügereien gesehen.»

Captain Stevens machte ein zweifelndes Gesicht, doch ich spürte, daß er insgeheim irgendwie ganz zufrieden war, daß ein Artist, der ihnen eine Menge überflüssige Mühe aufgehalst hatte, bloßgestellt werden sollte.

Er sagte zu uns: «Na, wie ist es nun? Sie brauchen es nicht zu machen, wenn Sie nicht wollen, aber kommen Sie zu einem Entschluß, damit wir wegkönnen.»

Harry Hopp, der Reporter, sagte: «Erlaub's ihm nicht, Carl, es ist der reine Mord. Ich werde sehen, daß die Zeitungen ihn einigermaßen glimpflich davonkommen lassen.»

Massin stieß ein lautes, dreckiges Lachen aus. «Ich wußte doch, daß der Schwindler kneifen würde.»

«Nichts da von kneifen!» schrie ich. «Unser Vertrag legt klar und eindeutig fest . . .»

«Ruhe hier!» Es war Armando. Selbst in dieser heiklen Situation vergaß er den mexikanischen Akzent nicht. «Sei ruhig, Carl!»

Doch er sah nicht mich an. Er sah Tina Massin an, und sie ihn. Ein Irrtum war ausgeschlossen. Sie liebten sich wirklich. Sie hatten sich im gleichen Augenblick gefunden und verloren. Sie sagten sich Lebewohl, weil es keine Hoffnung für sie gab. Sie war die Frau eines Viechs, das sie niemals gehen lassen würde. Und er stand vor einem unlösbaren Dilemma. Führte er sein Kunststück vor, war er ein toter Mann. Schreckte er zurück, war er so gut wie tot, weil er niemals wieder der Große Armando sein würde.

Er sagte: «Okay, Sheriff. Ich bin bereit.»

Der Sheriff trat vor und lachte. «Auf Wiedersehen, du Trottel! Du hast es nicht anders gewollt.» Als er sich dann an seinen straffreien Mord machte, ging alles sehr rasch. Er zwang jeden Finger von Armando tief in die strohgeflochtenen Griffe. Dann stemmte er sein Knie in Armandos Rücken, um die Riemen fester anziehen zu können.

Während der ganzen Zeit blickte Joe Ferris immer nur in das weiße Gesicht des Mädchens, in das er sich auf so seltsame Weise verliebt hatte und das dazu gezwungen worden war, seine Henkerin zu werden. Und sie blickte ihn an. Ihre Lippen bewegten sich, obwohl kein Ton über sie kam, doch ich hätte geschworen, daß sie sich zum Abschied etwas sagten.

Als vier Mann den Postsack mit Armando darin in die Kiste hoben und der elektrische Kran herübergefahren kam und den Deckel auf die Kiste senkte, stieß Tina Massin einen leisen Schrei aus und sank ohnmächtig nieder.

Der Sheriff lachte: «Zum Teufel, was ist denn mit ihr los?»

Ein Kameramann von der Wochenschau brüllte: «He, Sheriff, passen Sie doch ein bißchen auf! Sie stehen mir direkt in der Schußlinie.» Mir war, als sei ich es, der sterben sollte.

Ich sprang auf die Kiste, um Zeit zu gewinnen, soviel Zeit wie nur möglich, damit Armando noch eine Chance blieb, obwohl ich wußte, daß es hoffnungslos war. Es kam auch nicht das übliche Signal von ihm, mit dem er mir sonst anzeigte, daß er sich aus der Zwangsjacke und dem Postsack befreit hatte und nun auf das Eintauchen wartete, die Finger auf dem präparierten Brett, um es aufzuschieben und sich aus der Kiste fallen zu lassen.

Er war also nicht herausgekommen. Das Kinderspielzeug hatte ihn besiegt. Die Legende vom Großen Armando gehörte der Vergangenheit an. Doch ich war entschlossen, Joe Ferris zu retten.

Der Sheriff rief: «Hinunterlassen!», und als das Stahlkabel abrollte, stieg aus der Menge jubelnder Beifall auf. Die schwere Kiste tauchte mit einem Platschen in den Fluß und versank, als das Wasser durch die Ritzen drang.

Ich hatte eine entsetzliche Vision. Ich sah Armando, wie er, in der schrecklichen Segeltuchjacke eingeschnürt wie eine Mumie, die Finger hilflos in den Strohgeflechten gefangen, während das eisige Wasser in die Kiste eindrang und den Postsack füllte, noch einmal nach Sauerstoff keuchte; ich sah den hoffnungslosen letzten Kampf, das Zerren an unerbittlichen Fingerlingen, die letzte Luftblase, die aus den gemarterten Lungen aufstieg. Und danach Schweigen.

Luft wirbelte herauf und rief einen Strudel auf der schmutzigen Wasseroberfläche hervor, während die Kiste mit ihrer Last versank. Als meine Stoppuhr anzeigte, daß zwei Minuten verstrichen waren, und noch immer kein Arm und kein dunkler Haarschopf aus dem grauen Fluß auftauchte, brüllte ich in panischer Angst: «Hievt ihn hoch! Irgendwas hat nicht funktioniert! Holt ihn rauf, hört ihr denn nicht?»

Man hörte wirres Rufen und Schreien, und ich sah, wie der Captain der Wasserpolizei etwas zu dem Mann im Kranführerhaus hinaufrief. Doch vergeblich. Der Motor fing nicht an zu rattern, und das Stahlkabel bewegte sich nicht auf der Rolle. Irgend etwas mußte mit dem Kran passiert sein, oder der Strom war ausgefallen, denn ich sah, wie der Kranführer nervös seine Hebel bewegte.

Ich sprang vom Kai ins Wasser. Männer und Frauen schrien auf. Ich hatte die verrückte Idee, ich könnte hinunterschwimmen, das Brett aufschieben und Joe Ferris mit Sack und allem herausholen und ihn an die Oberfläche emporziehen. Ich kämpfte mit dem Kabel und meinen berstenden Lungen. Dann kam die Polizeibarkasse, und man fischte mich heraus. Nach zehn Minuten gab es wieder Strom, und die Kiste wurde heraufgezogen. Doch es bestand nicht die geringste Aussicht, daß der Große Armando noch lebte. Der Sheriff hatte gesiegt.

Arbeiter machten sich mit Äxten und Brecheisen über die Kiste her. Ambulanzärzte, deren weiße Hosen unter den dunklen Mänteln hervorsahen, standen mit ihren Instrumenten daneben. Krachend und splitternd brach die Seitenwand der Kiste weg und gab den verschlossenen Postsack frei.

Ich war der erste, der sah, daß er nicht prall genug war! Mit einem Aufschrei machte ich mich von Harry Hopp los, riß dem Postinspektor den Schlüssel aus der Hand und öffnete das Schloß.

Der Sack war leer! Nein, nicht ganz leer. In ihm lag, ordentlich zusammengefaltet, die Zwangsjacke – zugeschnallt, als wäre sie nie geöffnet worden, und die schrecklichen Fingerlinge saßen unverändert an ihrem Platz. Doch von dem Großen Armando keine Spur. Er hatte sein größtes Entfesselungskunststück vollbracht.

Zugleich war es auch sein letztes, denn er wurde nie wieder gesehen. Die Polizei fischte, stakte und tauchte drei Tage lang, doch seine Leiche wurde nicht gefunden. Er war mit den bösartigen Fingerlingen fertig geworden, mit der Zwangsjacke, dem Postsack und der Kiste, war herausgekommen, und dann hatte ihn, da er vom Kampf erschöpft war, vielleicht im letzten Augenblick die Kraft verlassen, er war ertrunken und stromabwärts oder unter die Kaianlagen gespült worden.

Ich selbst kam mit einer Lungenentzündung ins Krankenhaus. Die Schwestern sagten, ich hätte im Fieber geschworen, Sheriff Massin umzubringen, weil er meinen Freund und Partner ermordet habe. Es stellte sich jedoch heraus, daß dies nicht notwendig war. Sechs Monate nach dem Verschwinden des Großen Armando las ich in einer Zeitung, daß Jules Massin in einer Kneipe von dem Wirt, den er hatte erpressen wollen, erschossen worden war. Was danach aus Mrs. Massin wurde, habe ich nie erfahren.

Einige Monate nachdem ich aus dem Krankenhaus entlassen worden war, schickte mir Captain Stevens von der Wasserpolizei die Zwangsjacke – mit den tödlichen Fingerlingen des Sheriffs darin – als Andenken. Ich konnte jedoch den Anblick nicht ertragen und packte sie deshalb zusammen mit dem Tagebuch, in dem ich aufgeschrieben hatte, wie alles passiert war, zuunterst in meinen großen Theaterkoffer. Dann nahm ich wieder eine Stelle als Schlosser an.

Das alles ist nun schon dreißig Jahre her. Und jetzt halte ich die Zwangsjacke wieder in der Hand. Vor zwei Tagen habe ich Joe Ferris gesehen, den Großen Armando! Und neben ihm ging Tina Massin! Ich könnte es beschwören! Ich kann mich nicht geirrt haben, wenn auch sein Haar inzwischen weiß geworden ist. Tina sah fast unverändert aus, aber glücklich. Ich entdeckte die beiden, als ich in Athens in Georgia aus einem Kino kam.

Ich sagte: «Joe! Joe Ferris! Tina Massin!»

Sie schüttelten den Kopf. Sie blieben höflich stehen, aber ihre Mienen veränderten sich nicht.

Der Mann sagte: «Sie müssen uns verwechseln. Mein Name ist Vernon Howard, und das ist meine Frau. Ich habe hier eine Getreidehandlung. Jeder in Athens kennt mich. Wenn Sie uns nun bitte entschuldigen wollen ...»

Vernon Howards Getreidehandlung befand sich an der Ecke des Boulevard und der Pecan Street. Als ich Nachforschungen darüber anstellte, wie lange das Geschäft schon bestehe, lautete die Auskunft regelmäßig: «Oh, so lange ich mich erinnern kann.» Doch wenn ich etwas bohrte, schien sich niemand weiter als dreißig Jahre zurückerinnern zu können.

Als ich nach New York zurückkam, holte ich die Zwangsjacke von Sheriff Massin hervor. Ich hatte sie seit dem Tag, da ich dachte, sie hätte den Großen Armando getötet, nicht mehr angerührt. Die Farbe der Fingerlinge war verblichen, doch sonst waren sie noch genauso wie an jenem verhängnisvollen Tag. Ich untersuchte sie; dann holte ich eine Lupe. Schließlich probierte ich sie aus, indem ich meine Finger hineinschob und dann zerrte. Die Finger waren leicht zu befreien. Und da wußte ich, wie der Große Armando aus der unentrinnbaren Falle entkommen war, die ihm der rachsüchtige Sheriff Massin gestellt hatte. Die Fingerlinge waren von seiner Frau geschickt präpariert worden. Mit einer Schere hatte sie die Strohgeflechte so zerschnitten, daß man bei flüchtigem Hinsehen nichts bemerkte, doch war in jedem Fall die Spannung des Geflechts aufgehoben, so daß sie dem Zug nicht mehr widerstanden.

Ich erinnerte mich nun auch des Blicks zwischen den beiden, des Geldes, das Armando bei mehreren Banken in Stahlfächern deponiert hatte, und seiner Bemerkung: «Wenn ich mich einmal fürchten sollte, höre ich auf, und niemand wird jemals wieder etwas vom Großen Armando hören.» Und wie leicht hat er bei der Aufregung, die damals herrschte, unentdeckt an Land schwimmen und verschwinden können – und ist dann zurückgekehrt, als er las, daß Sheriff Massin erschossen worden war.

Ja, an alles hatten wir gedacht, nur an eines nicht. Und am Ende war es Joe Ferris, der Große Armando, der den Mut hatte, sein Vertrauen auf die Liebe als einen Trick zu setzen.

Die silbernen Schwäne

Ich, Dr. Horatio Fundoby, einer der stellvertretenden Direktoren des Britischen Museums, gehe auf meinen Sonntagnachmittagsspaziergängen immer den Cheyne Walk am Chelsea-Ufer der Themse entlang. Oft hält man mich dort für einen Künstler, was an meinem weißen Spitzbart, dem Schwarzdornstock und dem schäbigen Hut liegen mag, an dem ich nun schon seit über vierzig Jahren hänge.

Ich habe meine Freude an dem Leben auf dem Fluß, am Schrei der Möwen und an ihrem prächtigen Flug, dem Schiffsverkehr, der unter der Battersea Bridge hindurchgeht, an der malerischen Ansammlung alter Hausboote, die an dem Liegeplatz der Chelsea Boat Company vertäut sind, und an dem leichten Meergeruch, der mit der Flut heraufkommt.

An dem Sonntag, von dem ich erzählen will, gab es viel Interessantes zu beobachten, als ich am Ufer in der Nähe der Bootsgesellschaft stand. Mitten im Strom lag eine schmucke weiße Jacht, die *Poseidon* mit ihrem seltsam konstruierten Heck, von der ich wußte, daß sie Lord Struve, dem Unterwasserforscher, gehörte. Ein hübsches Motorschiff aus Panama und ein rostiger spanischer Frachter aus Almeria ankerten in der Nähe.

Zugleich aber wurde mein Blick von der seltsamen Farbzusammenstellung gefangen, in der das Hausboot *Nerine* angemalt worden war, und zwar augenscheinlich erst in der vergangenen Woche. Der Schiffsrumpf war von einem verwitterten Grau, doch Treppe und Tür der Kajüte waren blau gestrichen, die Luke leuchtend zinnoberrot und der Schornstein gelb.

Eben wurde die rote Luke von innen zur Hälfte hochgehoben, und in der Öffnung erschienen Kopf und Schultern eines jungen Mädchens, das sich bemühte, die Luke ganz aufzumachen. Es gelang ihr jedoch nicht, im Gegenteil, bald stellte sich heraus, daß sie sich so eingeklemmt hatte, daß sie weder vor noch zurück konnte.

In diesem kritischen Augenblick sah sie mich, und trotz der Entfernung bemerkte ich staunend das ungewöhnliche Leuchten in ihren Augen. Sie schrie nicht auf, sondern ihre Lippen formten lautlos die Worte: ‹Ich hänge fest!›

Ohne lange zu überlegen, eilte ich die Stufen hinunter und über die Laufplanke, so rasch es meine alten Beine – ich werde im November fünfundsiebzig – erlaubten, vorbei an einer rostigen Wasserpumpe, ein paar übel stinkenden Mülltonnen und einem Rudel beschaulich herumlungernder Katzen. Sobald ich die *Nerine* erreicht hatte, die auf dem ebenfalls übel riechenden Schlammgrund lag – es war Niedrigwasser –, begann ich den Kampf mit der widerspenstigen Luke. Sie hatte sich durch die trocknende Farbe festgeklemmt, doch mit Hilfe meines findig als Hebel angesetzten Schwarzdornstockes gelang es mir bald, die Luke zu bewegen und das junge Mädchen zu befreien. Sie war sehr jung, nach meiner Meinung kaum über zwanzig, hatte eine mit Farbe bekleckste Segeltuchhose und ein graues Trikothemd an und war im üblichen Sinn keineswegs schön, aber von einer Art, die man nicht wieder vergaß, das fühlte ich sofort.

Sie brach nicht in Dankesbeteuerungen aus, sondern betrachtete mich ernst und gesammelt aus riesigen grauen Augen, die grün gefleckt waren – das reizendste und überraschendste an ihrem Gesicht.

«Wissen Sie, wer Sie sind, abgesehen davon, daß Sie schrecklich nett zu mir waren?» fragte sie und antwortete dann selbst: «Sie sind der ‹freundliche alte Herr› . . .»

«. . . aus dem *Punch* – man trifft ihn im Britischen Museum», schloß ich.

Ihre Zerknirschung war bezaubernd. Ihr ziemlich breiter Mund konnte außerordentlich beweglich sein und sich erstaunlich verziehen. «Oh, ich wollte Sie wirklich nicht kränken . . .»

«Aber ich bin doch ein alter Herr», sagte ich, «und ich möchte freundlich zu Ihnen sein, da meine Jahre mir keine andere Wahl lassen, und zufällig bin ich wirklich im Britischen Museum – Dr. Horatio Fundoby, stellvertretender Direktor in der Abteilung für mittelalterliche Antiquitäten.»

«Oh», sagte sie. «Britisches Museum.» Sie schwieg einen Augenblick und zupfte an der Unterlippe, während sie mich feierlich betrachtete. Dann fragte sie: «Möchten Sie vielleicht meinen Kraken sehen?»

Als ich erklärte, daß es mir ein Vergnügen wäre, führte sie mich die Kajütentreppe hinunter und dann durch eine kleine Kombüse in den Hauptraum des Hausbootes, wo es kühl und grün war. Ich gewahrte eine Koje, Bücherregale, Gemälde an der Wand, Helligkeit, die durch grüne Vorhänge fiel, und zwei gläserne Wasserbehälter, einen kleinen und einen großen. Der erste enthielt ein Paar Seepferdchen, die munter umherschwammen, der andere einen Kraken, ein häßliches Exemplar von *Eledone cirrosa,* mindestens dreißig Zentimeter im Durchmesser.

Sie starrte ihn fasziniert an. «Ist er nicht schön?» fragte sie. «Manchmal sitze ich stundenlang da und sehe ihn an.»

«Wie nennen Sie ihn?»

«Ihn nennen?»

«Hat er keinen Taufnamen?»

Sie sah mich erschrocken an. «Aber er ist doch kein Christ. Es wäre ungehörig, ihm einen Namen zu geben. Ich nenne ihn Octopus oder manchmal – oh, Octopus.»

«Und sich selbst?»

Sie zögerte einen Augenblick, ehe sie erwiderte: «Ich heiße Thetis.»

Ich nickte. «Thetis war eine der Nereiden, eine der Töchter von Nereus und Doris, die auf dem Meeresboden lebten. Poseidon warb um sie, doch sie heiratete Peleus und wurde die Mutter des Achill.»

Das junge Mädchen zupfte wieder nachdenklich an der Unterlippe. «In Wirklichkeit», sagte sie, «heiße ich Alice. Aber ich nenne mich Thetis. Ich würde so schrecklich gern auf dem Grund des Ozeans leben.»

Um die Wahrheit zu gestehen – man hatte in der kleinen Kabine durchaus den Eindruck, sich unter Wasser zu befinden, und die zugezogenen Vorhänge und die Beleuchtung der beiden Aquarien trugen das ihre zu dieser Illusion bei. Die Gemälde an der Wand zeigten Unterwasserszenen in blauen und grünen Tönen, doch die Geschöpfe, die man durch die Schleier des Wassers sah, waren unheimlich fischunähnliche, phantastische Wesen. Ich hatte den Verdacht, daß sie die Bilder selber gemalt hatte. Und sie selbst, mit ihrer winzigen Nase, den riesigen Augen und der Aureole von kurzgeschnittenem braunem Haar, hätte eine Nymphe sein können.

Sie fragte: «Möchten Sie, daß ich Ihnen etwas vorsinge?», und als ich sie darum bat, zog sie hinter einem Vorhang ein langhalsiges, seltsam geformtes Saiteninstrument hervor, das nach dem Prinzip der Laute gebaut war. Das Instrument ließ mich aufspringen. Es war eine Theorbe aus dem fünfzehnten Jahrhundert.

«Sagen Sie, liebes Kind, wo um alles in der Welt haben Sie denn die her?»

Sie sah mich überrascht an, als wollte sie sagen, daß ich das doch wissen müßte. «Ich habe gespart und sie gekauft, natürlich bei Arnold Dolmetsch. Ich habe mir schon immer eine gewünscht. Bitte, setzen Sie sich. Ich werde jetzt singen.»

Sie schloß die Augen und legte den Kopf zurück, so daß sich die schön geschwungene Linie ihres Kinns und ihres Halses zeigte. Ihre Finger berührten die Saiten der Theorbe, und das Instrument gab einen tiefen Baßton. Sie nannte den Titel ihres Liedes, ‹*Die silbernen Schwäne*›, und sang mit einer rauhen Stimme, die in ihrer Einfachheit unendlich ergreifend wirkte.

«Wie soll den wahren Liebsten ich erkennen?
Wann spricht das Herz in Wahrheit denn zu mir?
Oh, wenn die Silberschwäne gleitend kommen,
Dann soll den wahren Liebsten ich erkennen,
Dann ist der Liebste endlich auch bei mir,
Und nie wird unsre Liebe uns genommen . . .»

Es war etwas ungemein Anrührendes an ihr, und auch irgend etwas Geheimnisvolles, denn bei aller Frische ihrer Jugend wirkte sie alterslos und weise und dennoch vollkommen unschuldig. Aber da war noch ein anderes Rätsel. Die Verse konnten das Werk irgendeines unbedeutenden Dichters der elisabethanischen Zeit sein, aber die unverfälschte Art dieser klagenden Melodie aus dem sechzehnten Jahrhundert – von wem die war, ahnte ich nicht.

Ein Seufzer entfuhr mir. «Ah – Sie haben das Lied wunderschön gesunden. Aber wer . . . wer . . .?» Ich zermarterte mir das Hirn und zählte sie auf: «Dowland? Weelkes? Thomas Morely? Willby oder Gibbons?»

Thetis öffnete die Augen. «O nein. Das Lied ist von mir. Sehen Sie nicht ein, daß ich dazu die Theorbe brauchte?»

«Dichten Sie öfter elisabethanische Verse und vertonen sie?» fragte ich.

«Nur wenn sie mir in den Kopf kommen.» Sie beugte sich plötzlich vor und sprach mit seltsamer Heftigkeit: «Wie soll ich denn meinen wahren Liebsten erkennen? Wie kann ich wissen, wenn ich liebe?»

«Wie alt sind Sie, Thetis? Haben Sie noch nie geliebt?»

«Einundzwanzig. Ich glaube nicht. Wie kann ich es wissen? Wer wird es mir sagen, wenn ich liebe? Sie sind alt und weise. Können Sie mir nicht helfen?» Es war der Aufschrei eines jungen ängstlichen Herzens, und er verdiente, daß man darüber nachdachte. Ich überlegte eine Weile und erwiderte: «Wenn er hoffnungslos krank und von der Krankheit gezeichnet ist und Sie ihn trotzdem lieben. Dann dürfen Sie sicher sein . . .»

Sie murmelte vor sich hin «. . . wenn er krank und häßlich ist . . .», und einen Moment war sie in Gedanken versunken, erwachte jedoch rasch wieder: «Wie unhöflich und unaufmerksam ich bin. Möchten Sie nicht etwas trinken, Dr. Fundoby?»

Als ich erwiderte, da könne ich nie nein sagen, holte sie eine Flasche dunklen Jamaika-Rum und zwei Becher und füllte beide zu zwei Dritteln. Dann hob sie ihren Becher und wiederholte: «Wenn er krank und häßlich ist. Oh, ich danke Ihnen, Dr. Fundoby!» Sie lächelte bezaubernd, und dann trank dieses erstaunliche Geschöpf den Rum, ohne mit der Wimper zu zucken, auf einen Zug aus. Später merkte man ihr nicht an, daß sie auch nur einen einzigen Tropfen getrunken hatte. Ich brauchte, während wir uns unterhielten, eine gute halbe Stunde, meinen Becher zu leeren.

Ihre Eltern lebten irgendwo in Bayswater, doch sie wohnte lieber allein auf dem modernden alten Hausboot, weil es am Wasser lag, das sie so liebte. Sie hatte eine Stellung, in der sie abends arbeitete, aber sie sagte nicht, worum es sich handelte. Sie war arm gewesen.

War es der Rum oder ein Schlingern des Schiffes – irgend etwas in mir regte sich ungemütlich. Ehe ich mir über die Ursache im klaren war, schlug Thetis vor, ob ich nicht lieber an Deck gehen wolle.

Das Deck am Heck des Bootes erwies sich als ein schmaler Platz, vielleicht einen Meter lang und nur ein kleines Stück breiter, gerade groß genug, daß wir beide stehen konnten. Zu meiner Überraschung schwamm das Boot, die Flut hatte eingesetzt, und wir schaukelten sanft. Als die Bugwelle eines stromaufwärts fahrenden Motorleichters näher kam, drohte die Bewegung heftiger zu werden.

Vier der schmutzigsten Schwäne, die ich je gesehen hatte, zogen an uns vorüber; ihre gelben Schnäbel und unfreundlichen Augen leuchteten vor einem dunkelgrauen Hintergrund, der von Öl, Kohlenstaub und Ruß vom Schiffsverkehr gebildet wurde. Dieser Schmutz macht es notwendig, die Tiere zweimal jährlich einzufangen und zu einer Station an der oberen Themse zu bringen, wo sie gewaschen werden.

Thetis betrachtete sie nachdenklich, doch ich neckte sie: «Die silbernen Schwäne», sagte ich.

«Angelaufenes Silber», erwiderte sie ein wenig trotzig. Wir hörten das Knarren von Riemen in Dollen, und um die Ecke einer halb versunkenen Schute kam ein Seemann in einem Ruderboot. Es war ein großer Bursche in einer blauen Wolljacke. Er hatte schwarzgelocktes Haar, einen eckig gestutzten Bart und Augen von seltsam heller Farbe.

«Hallo, Sie da!» rief er herüber, und die weißen Zähne hoben sich prachtvoll gegen den dunklen Bart ab. «Könnten Sie mir wohl für einen Augenblick Nadel und Faden leihen? Ich hab mir was aufgerissen, als ich gegen die verflixte Flut anruderte.»

«Natürlich. Wenn Sie an Bord kommen, kann ich's Ihnen nähen», lud Thetis ihn ein.

Der Seemann grinste. «Geht nicht. Peinliche Stelle . . .»

«Oh!» Thetis ging in die Kajüte und holte einen kleinen Nähkorb. Sie suchte eine Rolle Garn aus, steckte eine Nadel hinein und warf sie dem jungen Mann zu. «Blau», sagte sie.

Der Seemann fing die Rolle auf. «Kluges Kind», bemerkte er. «Man dankt. Bin gleich wieder da.» Er ließ sein Boot von der Tide an die Schute treiben, wo er festmachte. Dann wandte er sich ab und machte sich daran, seine Hose zu flicken.

Die Bugwelle des Tankleichters hatte uns erreicht. Die *Nerine* schaukelte beunruhigend und wenige Augenblicke später sogar verhängnisvoll. Ich glaube, keine Krankheit, von der Menschen heimgesucht werden, läßt sich mit den Schrecken des *mal de mer* vergleichen. Bestimmt ist sie von allen die einzige, die das Opfer dazu treibt, sich inbrünstig nach dem Tod zu sehnen. Das Schlingern der *Nerine* rief bei mir einen Anfall von Seekrankheit hervor, wie ich ihn nie zuvor erlebt hatte.

Gerade noch zur rechten Zeit wandte sich Thetis von der interessierten Betrachtung des breiten, blaugekleideten Seemannsrückens ab und bemerkte, wie sich mein Gesicht verfärbt hatte. «Oh! Sie Armer!» rief sie. «Ich hatte ganz vergessen, daß manche Menschen darunter leiden. Kommen Sie rasch mit.»

Sie faßte mich am Arm, geleitete mich zu der Koje und half mir behutsam, mich hinzulegen. Darauf öffnete sie einen kleinen Schrank, schüttelte eine Tablette aus einem Röhrchen und schob sie mir in den Mund. «Trigemin», sagte sie. «Es ist während des Krieges entdeckt worden. In fünf Minuten werden Sie wieder ganz in Ordnung sein. Sie müssen nur ruhig liegen.» Sie ging an Deck zurück.

Ich hörte, wie sie dem Seemann zurief: «Ahoi, das Nähkränzchen! Wie heißen Sie eigentlich?»

«Hadley. Richard Ormond Hadley.» Der Name kam mir irgendwie bekannt vor, doch infolge des Kampfes zwischen dem Trigemin und dem heftigen Schaukeln des Bootes kam ich nicht darauf, woher.

Ich hörte seinen Gegenruf: «Ahoi, das Kinderzimmer! Und Sie?»

«Thetis!»

Einen Augenblick lang war es ruhig. Dann der Seemann: «So, Sie sind also das Mädchen, das Poseidon sitzenließ, weil prophezeit worden war, ihr Sohn werde berühmter als sein Vater.»

Thetis erwiderte: «Ich finde das albern. Ich möchte meinen, ein Vater sollte stolz sein, wenn sein Sohn berühmter wird als er selber.»

«Wirklich? Na, warten Sie ab, bis Sie selber Kinder haben! Da wir gerade von Vätern sprechen, was ist aus Ihrem geworden?»

«Es ist nicht mein Vater. Es ist ein freundlicher alter Herr, der mich besucht hat. Er ist seekrank geworden und hat sich drinnen hingelegt. Ich habe ihm ein Trigemin gegeben.»

Der Seemann prustete über das Wasser: «Was? Seekrank auf diesem Wrack? Das liegt doch praktisch auf Land.»

Es mußte wieder ein Schiff vorübergefahren sein, denn die *Nerine* rollte noch heftiger. Aber das Trigemin begann seine Wirkung zu tun. Ich fand Thetis' Erwiderung überraschend mild.

«Das ist kein Wrack», sagte sie. «Das ist meine Wohnung. Und bei einer gewissen Höhe der Flut schlingert das Boot tatsächlich. Man muß schon einen enorm guten Magen haben.»

«Hoh! Das möchte ich mal erleben.»

Thetis entgegnete: «Es ist wirklich nicht ohne. Sie selbst würden hier vielleicht auch seekrank werden.» Ich merkte, daß sie das sagte, um mich zu trösten.

Der Seemann lachte schallend. «Wer, ich? Hören Sie mal, Kindchen. Ich habe alle Meere der Welt befahren, bei jedem Wetter, und bin noch nie seekrank geworden.»

Ich hörte Thetis sagen: «Einmal erlebt man alles zum erstenmal. Wollen Sie's nicht mal versuchen?»

«Sagen Sie mir Bescheid, wenn mal richtig stürmisches Wetter ist.» Sein Boot bumste gegen das Heck. «Ach, Sie sind ja doch kein solches Kind, wie ich gedacht hatte. Ich bitte um Entschuldigung wegen des ‹Kindchens›. Vielleicht probiere ich Ihr Schiff wirklich mal aus. Und vielen Dank für das Nähzeug.»

Das Trigemin hatte triumphiert. Ich dachte, ich bliebe vielleicht doch am Leben. Als ich hinauskam, stand Thetis an Deck, schirmte mit der Hand ihre Augen gegen die sinkende Nachmittagssonne ab und sah der verschwindenden Gestalt des Seemanns nach, der auf die schmucke weiße Jacht zuruderte.

«Ah», sagte sie, «Sie fühlen sich wieder besser. Das dachte ich mir. Es wirkt immer. War er nicht gemein?»

Ich antwortete zögernd: «Nun, immerhin . . .», als sie fortfuhr:

«Aber *schön* war er, nicht wahr?»

Ich sah meine Freundin mehrere Wochen lang nicht. Doch als ich an einem regnerischen Sonntag an der Anlegestelle vorbeikam, hörte ich plötzlich meinen Namen: «Dr. Fundoby! Dr. Fundoby!» Thetis kam über die Laufplanke gerannt und die Stufen zum Weg herauf. Sie wirkte betrübt. «Dr. Fundoby, was soll ich nur tun? Mein Octopus hat einen seiner Arme aufgefressen.»

Ich sagte: «Das tun sie häufig, wenn man sie in Gefangenschaft hält, ganz gleich, wie gut man sie füttert.»

«Oh!» Sie versank in Nachdenken und zupfte sich an der Unterlippe. «Dann muß ich ihn wohl Septopus nennen. Vielen Dank.» Sie drehte sich um und ging zu ihrem Boot zurück.

Kurz bevor sie die Kajütentreppe hinunter verschwand, rief ich ihr nach: «Ist Ihr Seemann noch einmal wiedergekommen?» Sie nickte heftig, dann war sie nicht mehr zu sehen.

Kurze Zeit darauf lud mich ein Freund ein, mit ihm ins Theater zu gehen. Im Wyndham's Theatre gab es ‹*The Unwanted*› mit Alice Adams, einer aufstrebenden jungen Schauspielerin, in der Hauptrolle. Das Stück, das schon lange auf dem Spielplan stand, sollte demnächst abgesetzt werden.

Stellen Sie sich vor, mit welchem Erstaunen und welchen Gefühlen ich dasaß, als Alice Adams ihren ersten Auftritt hatte und sich herausstellte, daß sie *jene* Alice war, die Nereide, die Thetis vom Chelsea-Ufer.

Sie bewies in der Rolle eines empfindsamen Mädchens, das von einem älteren Mann verführt und im Stich gelassen wird und sich schließlich das Leben nimmt, eine Reife und ein Verständnis, wie ich es bei einem so jungen und wahrlich unschuldigen Mädchen nicht für möglich gehalten hätte. Ihre Darstellung war ebenso ergreifend und unvergeßlich wie sie selber, und am Schluß des Stückes weinte ich, ohne mich meiner Tränen zu schämen.

Ich nahm mir die Freiheit, sie am nächsten Sonntag zu besuchen. Die ohnehin schon winzige Kabine war durch ein neues Aquarium noch enger geworden. In ihm befanden sich zwei glotzäugige Hechte und ein riesiger Aal. Sie hatte gerade davor gesessen und sie betrachtet. Sie gab mir sofort ein Trigemin, das ich dankbar annahm, obschon die *Nerine* ziemlich ruhig dalag.

«Mein liebes Kind», sagte ich, «warum haben Sie mir nicht gesagt, wer Sie sind? Ich war diese Woche im Wyndham's Theatre.»

«Das habe ich doch», erwiderte sie. «Hier bin ich Thetis. Und nichts anderes möchte ich sein.»

«Sie haben mich in dem Stück sehr bewegt. Wie können Sie, die Sie so jung sind und nie geliebt haben, wie Sie sagten, Abend für Abend all die Qualen und Sehnsüchte der Liebe wiedergeben?»

«Ach», entgegnete sie und dachte einen Augenblick nach. «Das ist meine andere Seite. Ich tue es eben.»

Sie sah, daß ich die Neuerwerbungen in ihrem unterseeischen Heim betrachtete, die furchtlosen Hechte und den trägen Aal. «Er hat sie mir geschenkt», sagte sie.

«Der Seemann? Und woher hat er sie?»

«Vom Grund des Flusses.»

«Tatsächlich? Und wie?»

«Er sagte, er sei hinuntergestiegen und habe gesucht, bis er sie fand.»

Jetzt wußte ich, wer Richard Ormond Hadley war. Ob auch sie es wußte? Und würde ihr das Herz gebrochen werden und sich ihre Rolle in dem Stück vielleicht im wirklichen Leben wiederholen? Ich nahm mir die Freiheit, die mir meine Jahre gestatteten, und fragte: «Liebt er Sie?»

Thetis zuckte die Achseln. «Er ist schrecklich grob zu mir. Ist das ein Zeichen?»

«Und Sie? Lieben Sie ihn?»

Sie erwiderte: «Ich weiß es nicht.» Und dann wiederholte sie es noch zweimal und jedesmal mit größerem Nachdruck: «Ich weiß es nicht, ich weiß es nicht! Oh, Dr. Fundoby, wie schrecklich ist es, jung zu sein!» Und damit lehnte sie den Kopf an meine Schulter und fing an zu weinen, während ich sie, so gut ich konnte, tröstete.

Da ich gewohnt bin, bei jedem Wetter spazierenzugehen, ging ich auch am darauffolgenden Sonntag trotz heftigen Sturms den Cheyne Walk entlang. Die Wellen, die der Schiffsverkehr auf der ohnehin schon kabbeligen Themse hervorrief, ließen die *Nerine* bedrohlich an ihrer Vertäuung tanzen. Als ich hinunterblickte, fürchtete ich plötzlich für die Sicherheit des Mädchens, besonders als ich mich der engen Kabine und der schweren Glasbehälter erinnerte, obwohl Thetis sie vorsichtshalber immer nur halb füllte, damit sie nicht überschwappten.

Als ich bemerkte, daß die Luke offenstand, eilte ich über die Laufplanke an Deck und die Kajütentreppe hinunter. Ich hatte die Kombüse noch nicht erreicht, da vernahm ich ein dumpfes, von Todesangst erfülltes Stöhnen aus der Kabine, das mich zu noch größerer Eile antrieb.

Ein erstaunlicher Anblick bot sich meinen Augen. In der Koje der Kajüte lag, scheinbar in den letzten Zügen, der Seemann Richard Ormond Hadley. Thetis saß auf dem Rand der Koje und hielt seinen Kopf in ihren Armen. Er sah ganz grün im Gesicht aus, der arme Lord Struve; genau die Farbe wie auf einem von Thetis' Unterwasser-Gemälden. Seine Stirn war feucht, das Haar verklebt, die Augen blickten angsterfüllt. Für einen Moment dachte ich wirklich, der arme Teufel liege im Sterben. Doch als dann die Kabine schwankte, kam mir plötzlich die Erleuchtung, daß für ihn das Unglück gerade darin bestand, daß er nicht sterben konnte.

«Thetis!» keuchte ich. «Das Trigemin! Rasch! Wo ist es?»

«O-h-h-h!» stöhnte der Unglückliche in der Koje. «Wollt ihr nicht hinausgehen und mich in Frieden sterben lassen?»

«Ich liebe ihn!» rief Thetis freudig erregt und drückte das totenbleiche Haupt fester an ihre Brust. «Oh, nun weiß ich, daß ich ihn liebe. Er ist schrecklich krank, nicht wahr, Dr.

Fundoby? Und ich liebe ihn sogar noch mehr, als wenn er gesund ist.»

Ich stolperte zu dem Schränkchen, in dem ich das Trigemin wußte. Es war verschlossen. Ein schuldbewußter und zugleich unbeugsam entschlossener Ausdruck trat in Thetis' Antlitz. «Er will nicht sagen, daß er mich heiraten will», meinte sie. «Ich habe nicht das geringste dagegen, arm zu sein und in einer Hängematte zu schlafen.»

Der Unglückliche in der Koje, der offensichtlich schon zu schwach war, um sich zu erheben und an Land zu fliehen, stöhnte wieder: «In Ordnung – in Ordnung. Alles, was ihr wollt, wenn ihr nur weggeht und mich in Frieden sterben . . .»

Ich raffte meine schwindenden Kräfte zusammen. «Thetis! Schämen Sie sich! Das sind ja mittelalterliche Foltermethoden. Geben Sie mir sofort den Schlüssel!»

Artig zog sie ihn an einer Kette, die sie um den Hals trug, hervor und reichte ihn mir. «Er hat alle Meere der Welt befahren, bei jedem Wetter», murmelte sie.

Ich griff nach dem Trigemin-Röhrchen, schob mir zwei Tabletten in den Mund und dem großen Unterwasserjäger, Taucher und Meeresbiologen Richard Hadley, Lord Struve, drei. Darauf legte ich mich auf den Fußboden, um die Wirkung des Mittels abzuwarten.

Thetis blickte zu mir nieder. «Kommen Sie zu unserer Hochzeit, Dr. Fundoby?» fragte sie.

Mein Inneres hatte auf das Medikament noch nicht angesprochen. Zum erstenmal brachte mich Thetis in Rage. «Wenn er sich bereit erklärt, eine Erpresserin, Foltermagd und Mörderin zu heiraten, dann bin ich überzeugt, daß er den Verstand verloren hat», erwiderte ich.

Offensichtlich hatte die Dosis bei Struve bereits zu wirken begonnen, denn er setzte sich plötzlich auf und sagte: «Ich freue mich, das von Ihnen zu hören, Dr. Fundoby. Versprechungen, die unter Zwang abgegeben werden . . .»

«Aber es war doch Ihr eigener Entschluß, bei Flut und bei

diesem Wetter an Bord zu kommen. Ich habe Sie ausdrücklich gewarnt», sagte Thetis mit klagender Stimme.

«Verdammt noch mal!» knurrte er. Die Farbe kehrte in sein Gesicht zurück. «Ich bin gekommen, um Ihnen zu sagen, daß ich Sie liebe.»

«Na, und?» fragte Thetis geradeheraus. «Und warum haben Sie es nicht getan?»

Seine Lordschaft hatte nicht nur die Güte, sondern auch die Fähigkeit, nun zu erröten.

«Weil ich wider Erwarten schwer erkrankte. Hören Sie, Thetis, es ist besser, wenn Sie wissen, worauf Sie sich einlassen, ehe Sie mich heiraten. Wissen Sie, wer ich bin?»

«Mir ist es gleich, wer Sie sind und was Sie angestellt haben», erwiderte Thetis. «Ich liebe dich.» Dann murmelte sie vor sich hin: «In kranken und gesunden Tagen ...»

Ich fühlte mich wieder ein wenig wohler und setzte mich auf. «Und was wird aus Ihrer Bühnenlaufbahn?» fragte ich streng.

Struve machte ein verständnisloses Gesicht. «Wessen Bühnenlaufbahn?» fragte er.

«Mein Gott», rief ich, «sind Sie denn beide blind? Das ist Alice Adams, die seit zwei Jahren die Hauptrolle in *‹The Unwanted›* im Wyndham's Theatre spielt.»

Struve machte große Augen. «Dieses Kind? Sie ist doch noch ein Kind, oder etwa nicht?»

Thetis nickte abwesend. Doch ich sagte: «Englands vielversprechendste junge Schauspielerin. Sie ist ganze einundzwanzig.»

Er stand auf. «Großer Gott! Jetzt erinnere ich mich, vor ewigen Zeiten einmal so etwas gesehen zu haben! Ich komme gerade von den Galápagos-Inseln zurück und habe seit achtzehn Monaten keine Zeitung mehr gesehen.»

Thetis sprang auf und lief zu ihm. «Oh, bitte», flehte sie. «Mein ganzes Leben lang wollte ich zu den Galápagos-Inseln. Dürfen Seeleute ihre Frauen mitnehmen, wenn sie fahren?»

Struve fuhr auf: «Zum Kuckuck, Thetis! Ich bin kein Seemann. Ich bin . . .» Er zögerte, denn schließlich ist es ein wenig peinlich, selbst zu erklären, daß man Lord ist, und so schloß er: «. . . so etwas wie ein Meeresbiologe. Ich mache so Sachen unter Wasser. Ihre Karriere . . .»

Thetis unterbrach ihn: «Diese verdammte Karriere! Ich habe nie Schauspielerin werden wollen. Als ich eine Stellung suchte, sagten die Leute, ich hätte Talent. Ich hab's nur getan, um Geld zu verdienen, damit ich mir ein Hausboot mieten und Dinge wie Theorben und Oktopoden kaufen konnte. Wissen Sie überhaupt, was ein guter Octopus kostet?»

Struve packte sie an beiden Handgelenken. «Thetis – können Sie mal einen Moment vernünftig sein? Ist es Ihnen wirklich ernst? Würden Sie alles für mich aufgeben und mit mir kommen?»

«Natürlich. Lieber als alles andere auf der Welt möchte ich auf dem Boden des Ozeans zu den Galápagos-Inseln wandern – mit Ihnen zusammen, da ich nun . . .» sie überlegte eine Weile, «. . . da ich nun, dank Dr. Fundoby, davon überzeugt bin, daß ich dich liebe.»

Lord Struve hielt sie noch immer an beiden Handgelenken. Er blickte mit einem Ausdruck reiner Dankbarkeit auf seinem dunklen Gesicht zum Himmel auf und murmelte etwas, was ich für ein Dankgebet hielt. Dann nahm er sie mit einer seltsam zarten und beschützenden Gebärde in die Arme, so daß ihr Gesicht sich in seine blaue Jacke grub. Dabei sah er mich über ihren Kopf hinweg an und sagte leise: «Wissen Sie, Dr. Fundoby, Gott ist manchmal wirklich ehrfurchtgebietend, wenn man bedenkt, daß er sein Werk unterbricht, um auf die Bedürfnisse eines einzelnen, nichtswürdigen Menschen einzugehen.»

Und so erfüllte sich die Prophezeiung der silbernen Schwäne. Und so heiratete denn Poseidon in dieser Inkarnation und mit mir als Hochzeitsgast seine Nymphe Thetis, und sollte sich herausstellen, daß der Sohn tatsächlich berühmter wird als der Vater, dann hat er es einzig und allein sich selber zuzuschreiben.

Ich gehe nach wie vor an dem Liegeplatz am Chelsea-Ufer spazieren, aber der Cheyne Walk ist an dem Liegeplatz der Boat Company nicht mehr das, was er früher war. Lady Struve, ihr Mann, ihre Theorbe und ihr Quintopus – Quintopus, weil er noch zwei weitere seiner Arme verzehrt hat – sind nach irgendeiner tropischen Insel gefahren, wo sie gemeinsam tauchen und in den wunderbaren Unterwassergärten arbeiten.

Eine Familie aus Chipping Barnet hat die *Nerine* übernommen und sie in einem gräßlichen Braun gestrichen und in *The Nelson* umbenannt. Ich sehe sie schaukeln, vom Bug bis zum Heck beflaggt mit den international bekannten weißen Windelquadraten, die signalisieren, daß kleine, nasse Wesen an Bord sind. Und jedesmal, wenn ich vorübergehe, denke ich, ob wohl auch sie alle enorm gute Mägen oder ob sie schon die Zauberkräfte des Trigemin entdeckt haben.

Paul Gallico

Die erste Karriere des weltberühmten Autors heiter-vergnüglicher Geschichten begann auf dem Sportplatz: **Paul Gallico** war in den vierziger Jahren Amerikas bekanntester und bestbezahlter Sportreporter. Als Sohn einer Einwandererfamilie aus Triest wurde er 1897 in New York geboren. Seine Schriftstellerlaufbahn fing mit Geschichten wie *Golf is a Friendly Game* an, und bald feierte Paul Gallico mit Büchern wie *Ein Kleid von Dior* Welterfolge. 1976 starb er in Monte Carlo.

Die Affen von Gibraltar *Roman*
(rororo 883)

Ferien mit Patricia *Roman*
(rororo 796)

Freund mit Rolls-Royce *Roman*
(rororo 1387)
Nicht jeden Tag wird eine Putzfrau Abgeordnete im britischen Unterhaus! Ada Harris aber schafft es.

Der geschmuggelte Henry
Roman
(rororo 703)

Ein Kleid von Dior *Roman*
(rororo 640)
Die Geschichte der Londoner Reinemachefrau, deren sehnlichster Wunsch ein Kleid von Dior ist, wurde mit Ingrid Meysel in der Hauptrolle ein erfolgreicher Film.

Meine Freundin Jennie *Roman*
(rororo 499)

Immer diese Gespenster! *Fast ein Kriminalroman*
(rororo 897)

rororo Unterhaltung

Jahrmarkt der Unsterblichkeit
Roman
(rororo 1364)

Mrs. Harris fliegt nach Moskau
Roman
(rororo 4239)
Ein englischer Schriftsteller verliebt sich in eine Moskauer Fremdenführerin. Das Glück scheint unerreichbar, bis Mrs. Harris das Schicksal in ihre Hände nimmt.

Thomasina oder Die rote Lori
Geschichten
(rororo 750)

Waren Sie auch bei der Krönung?
(rororo 1097)
Zwei heitere Geschichten zu einem festlichen Ereignis.

James Herriot

James Herriot, 1914 in Schottland geboren, lebt noch immer in den grünen Hügeln von Yorkshire, wo er als Tierarzt praktizierte. Wenn er nicht gerade damit beschäftigt war aufzuschreiben, was er mit den Vier- und Zweibeinern aus den vornehmen Herrenhäusern und den abgelegenen Gehöften erlebte.

Der Doktor und das liebe Vieh *Als Tierarzt in den grünen Hügeln von Yorkshire*
(rororo 4393)
Warmherzig und humorvoll, mit nie versiegendem Staunen vor dem immer wieder neuen Wunder des Lebens erzählt James Herriot in den amüsanten Erinnerungen von der Tierarztpraxis in der wilden, einsamen Landschaft der Yorkshire Dales.

Der Tierarzt *Die zweite Folge der heiteren Tierarztgeschichten*
(rororo 4579)
«Wie vertraut einem doch all diese Menschen sind, vertrauter als manche Personen, mit denen man täglich zu tun hat.» Neue Osnabrücker Zeitung

Der Tierarzt kommt *Die dritte Folge der heiteren Tierarztgeschichten*
(rororo 4910)
«Geschichten voller Heiterkeit, voller Witz und Nachdenklichkeit. Eine wunderschöne, entspannende Lektüre für den Sonntagvormittag auf dem Balkon oder für den Urlaub.» Norddeutscher Rundfunk

Von Zweibeinern und Vierbeinern *Neue Geschichten vom Tierarzt*
(rororo 5460)
«Das ist ein Herriot von der besten Sorte, ein Buster-Keaton der Tiermedizin. Er bringt uns zum Lachen und zum Weinen, und er führt uns manche kleine Wahrheiten vor Augen, denen wir nachdenklich zustimmen...» Washington Post

rororo Unterhaltung

3237/1

Georgette Heyer

Georgette Heyer, 1902 in England geboren, verbrachte mit ihrem Mann Ronald Rougier, einem Bergbauingenieur, mehrere Jahre in Afrika. Inzwischen war sie längst eine berühmte Schriftstellerin. Sie hatte ihr Talent mit sechzehn Jahren entdeckt, als sie ihren Brüdern die Geschichte erzählte, die später als *Der schwarze Falter* bekannt wurde. Insgesamt erschienen von ihr über vierzig galante historische Romane und unterhaltende Detektivgeschichten, von denen selbst die Queen begeistert war. «Ihre Figuren und Dialoge», schrieb Dorothy L.Sayers, «sind für mich ein beständiges helles Vergnügen». Georgette Heyer starb 1974 in London.

Mord beim Bridge
Detektivroman
(rororo 12261)
Das Bridgeturnier der vermögenden Witwe Haddington endet mit einem unliebsamen Ereignis. Einer der noblen Gäste wird erdrosselt aufgefunden.

Der Eroberer *Roman*
(rororo 5406)

Vorsicht, Gift! *Detektivroman*
(rororo 5967)
Eines Morgens findet der Butler den reichen Sir Gregory Matthews tot im Bett. Die Erben sind gerührt. Aber irgend etwas stimmt da nicht...

Schritte im Dunkeln
Detektivroman
(rororo 12262)
Vier junge Leute und eine halbtaube Tante beziehen ein ehemaliges Kloster. Schon in der ersten Nacht werden sie von einem grauenhaften Stöhnen aufgeweckt.

rororo Unterhaltung